O FANTASMA DE CANTERVILLE

E OUTROS CONTOS

Oscar Wilde

O Fantasma de Canterville

e outros contos

Tradução
Thalita Uba

Esta é uma publicação Principis, selo exclusivo da Ciranda Cultural

Traduzido do original em inglês
The Canterville Ghost

Texto
Oscar Wilde

Tradução
Thalita Uba

Preparação, diagramação e revisão
Casa de Ideias

Produção, projeto gráfico e edição
Ciranda Cultural

Imagens
Rene Martin/Shutterstock.com;
Lilis Nur Hayati/Shutterstock.com;
Klara Viskova/Shutterstock.com;

Dados Internacionais de Catalogação na Publicação (CIP) de acordo com ISBD

W671f Wilde, Oscar

O fantasma de Canterville e outros contos / Oscar Wilde ; traduzido por Thalita Uba. - Jandira, SP : Principis, 2020.
80 p. ; 16cm x 23cm. - (Clássicos da Literatura Mundial).

Tradução de: The Canterville Ghost
Inclui índice.
ISBN: 978-65-55520-01-9

1. Literatura irlandesa. 2. Ficção. I. Uba, Thalita. II. Título. III. Série.

CDD 828.99153
2020-443 CDU 821.111(41)-3

Elaborado por Odilio Hilario Moreira Junior - CRB-8/9949

Índice para catálogo sistemático:
1. Literatura irlandesa : Ficção 828.99153
2. Literatura irlandesa : Ficção 821.111(41)-3

1ª edição em 2020
www.cirandacultural.com.br

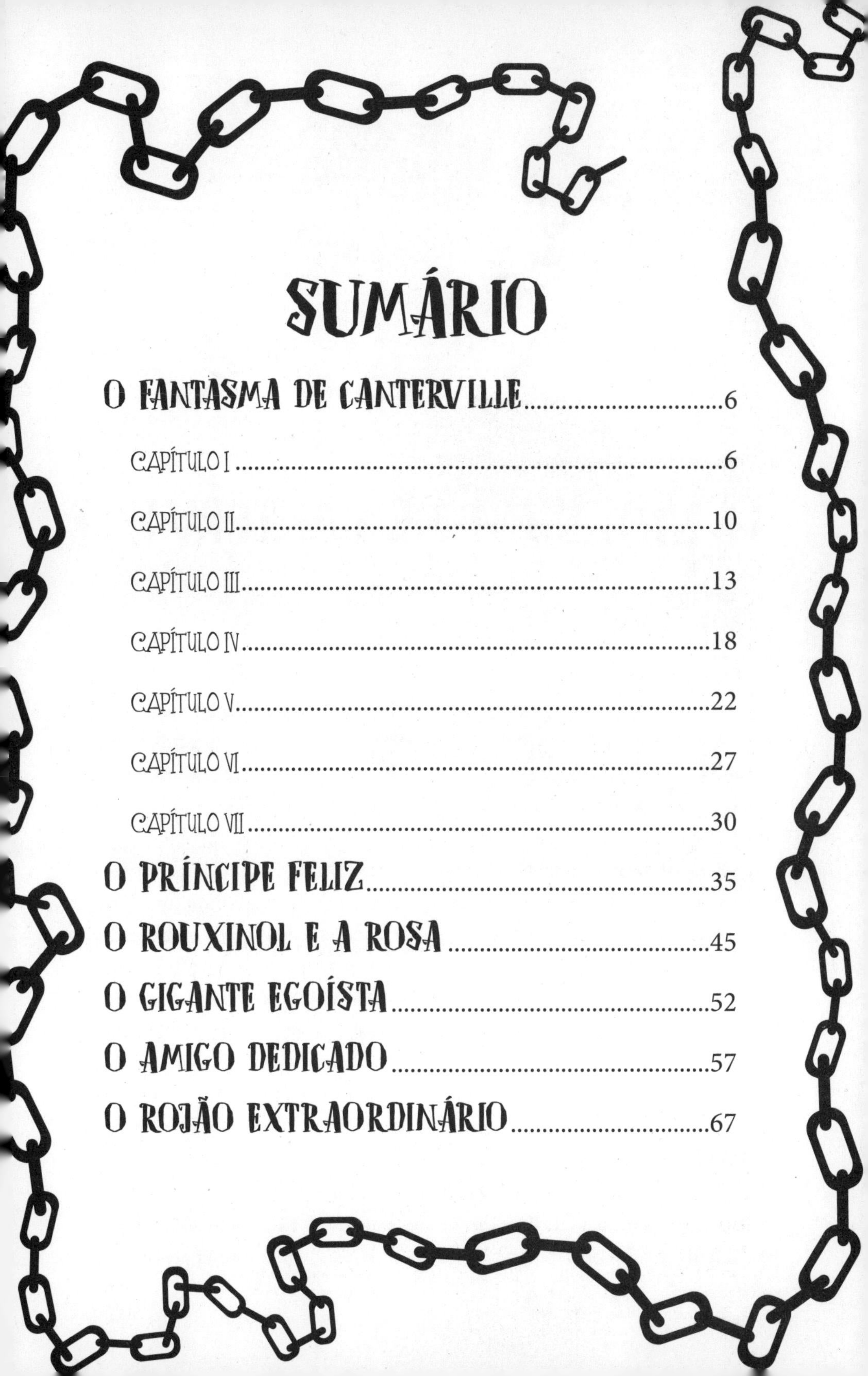

SUMÁRIO

O FANTASMA DE CANTERVILLE

CAPÍTULO I

Quando o sr. Hiram B. Otis, ministro norte-americano, comprou a Mansão Canterville, todos lhe disseram que ele estava cometendo uma tolice, visto que o local era, sem sombra de dúvidas, mal-assombrado. Até mesmo o próprio lorde Canterville, que era um homem da mais indubitável honra, sentira a obrigação de mencionar o fato ao sr. Otis, quando eles se reuniram para discutir os termos do contrato.

– Nem mesmo nós nos arriscamos a viver neste lugar – contou lorde Canterville. – Isso desde que minha tia-avó, a duquesa-viúva de Bolton, sofreu um surto, do qual nunca se recuperou plenamente, provocado por duas mãos esqueléticas que tocaram seus ombros quando ela estava se vestindo para jantar e sinto-me na obrigação de lhe contar, sr. Otis, que o fantasma já foi visto por vários membros da minha família, bem como pelo vigário de nossa paróquia, o reverendo Augustus Dampier, que é membro do King's College, de Cambridge. Depois do infeliz incidente com a Duquesa, nenhum de nossos criados mais jovens quis continuar conosco e lady Canterville frequentemente não conseguia dormir à noite, por causa dos ruídos misteriosos que vinham do corredor e da biblioteca.

– Milorde – respondeu o ministro –, ficarei com os móveis e com o fantasma pelo valor avaliado. Venho de um país moderno, onde temos tudo que o dinheiro pode comprar, com todos os nossos vivazes jovens alvoroçando o

Velho Mundo e levando embora suas melhores atrizes e cantoras de ópera, acredito que se houvesse um fantasma na Europa, em pouquíssimo tempo ele estaria sendo exibido em um de nossos museus públicos, ou percorrendo o país como uma atração.

– Receio que o fantasma realmente exista – alertou lorde Canterville, sorrindo –, embora talvez tenha resistido às ofertas de seus empresários empreendedores. É bastante conhecido há três séculos, desde 1584, para falar a verdade, e sempre apareceu para preludiar a morte de algum membro de nossa família.

– Bem, o médico da família também aparece nessas circunstâncias, lorde Canterville. Porém fantasmas não existem, caro senhor, e não acho que as leis da natureza abririam uma exceção para a aristocracia britânica.

– Vocês são, certamente, muito naturais na América – comentou lorde Canterville, sem entender muito bem a última observação do sr. Otis –, e se você não se importa em ter um fantasma na casa, não há problema algum. Apenas lembre-se de que eu o alertei.

***

Algumas semanas depois, a compra foi concluída e, ao final da temporada, o ministro e sua família se mudaram para a Mansão Canterville. A sra. Otis, que, assim como a srta. Lucretia R. Tappan, da rua West 53rd, costumava ser uma celebrada beldade em Nova Iorque, agora era uma mulher de meia-idade muito bonita, com belos olhos e um perfil deslumbrante. Muitas americanas, ao deixarem sua terra natal, costumam assumir uma aparência adoentada, julgando ser uma expressão do refinamento europeu, mas a sra. Otis nunca cometeu esse erro. Para falar a verdade, ela era, em muitos aspectos, bastante inglesa e configurava um exemplo excelente do fato de que temos quase tudo em comum com os americanos hoje em dia, à exceção, é claro, da língua. Seu primogênito, batizado pelos pais, em um rompante de patriotismo, de Washington, algo que ele nunca deixou de lastimar, era um jovem de cabelos claros, bastante bem-apessoado, que se destacara por sua diplomacia americana ao liderar o grupo de cotilhão do Newport Casino durante três temporadas consecutivas e sua fama de excelente dançarino era conhecida até em Londres. Gardênias e a aristocracia eram seu único fraco, fora isso, tratava-se de um rapaz extremamente sensato. A srta. Virginia E. Otis era uma garota de 15 anos de idade, ágil e graciosa como uma corça, cujos grandes olhos azuis refletiam uma admirável franqueza; era uma amazona e tanto também. Certa vez, derrotara lorde Bilton em uma corrida de cavalos ao redor do parque, vencendo por uma margem considerável, bem diante da estátua de Aquiles. Tal feito fascinara o jovem duque de Cheshire, que a pediu em casamento na mesma hora e foi mandado de volta, em meio a muitas lágrimas, para o internato de Eton naquela mesma noite por seus tutores. Na sequência vinham os gêmeos, que costumavam ser chamados de "malhadinhos", visto que viviam sendo açoitados. Eram meninos adoráveis e, à exceção do respeitável ministro, eram os únicos verdadeiros republicanos da família.

Como a Mansão de Canterville ficava a onze quilômetros de Ascot, a estação ferroviária mais próxima, o sr. Otis havia solicitado que um breque fosse buscá-los e eles partiram eufóricos em sua jornada. Era uma bela noite de julho e o ar estava perfumado com o aroma delicado dos pinheiros. Volta e meia, eles ouviam a voz doce de um pombo-torcaz ou avistavam, em meio aos ramos sibilantes, o peito lustroso de um faisão, pequenos esquilos os espiavam dos galhos das árvores à medida que eles prosseguiam e os coelhos escondiam-se em meio aos arbustos e atrás dos outeiros cobertos de musgo, com seus rabinhos brancos eriçados. Quando chegaram à via que levava à Mansão Canterville, contudo, o céu foi subitamente tomado pelas nuvens, uma quietude curiosa pareceu pairar no ar, um bando enorme de gralhas passou silenciosamente por cima de suas cabeças e, antes que eles pudessem chegar à casa, gotas pesadas de chuva começaram a cair.

Uma senhora elegantemente vestida de preto, com touca e avental brancos, estava parada na escada para recebê-los. Era a sra. Umney, a governanta, que o sr. Otis, diante do pedido veemente da sra. Canterville, concordara em manter empregada. Ela fez uma breve reverência quando todos saltaram do veículo e disse, de modo pitoresco e cerimonioso:

– Desejo-lhes as boas-vindas à Mansão Canterville.

Todos a seguiram, passando pelo belo átrio em estilo tudoriano, até chegarem à biblioteca, um salão longo, de teto baixo, ladeado por paredes de carvalho negro, com grandes janelas de vitrais em ambas as pontas. Lá, o chá já estava servido para a família e, depois de tirarem os casacos, sentaram-se e começaram a olhar em volta, enquanto a sra. Umney os servia. Subitamente, a sra. Otis avistou uma mancha vermelha opaca no chão diante da lareira e, sem conferir muito significado àquilo, comentou com a sra. Umney.

– Receio que algo tenha sido derramado ali.

– Sim, senhora – respondeu a velha governanta baixinho. – Sangue foi derramado naquele local.

– Que horror! – exclamou a sra. Otis. – Não gosto nem um pouco de ter manchas de sangue na sala de visitas. Ela deve ser removida imediatamente.

A velha sorriu e respondeu no mesmo tom grave e misterioso:

– É o sangue de lady Eleanore de Canterville, que foi assassinada naquele exato local pelo próprio marido, *sir* Simon de Canterville, em 1575. *Sir* Simon viveu por mais nove anos após a morte dela, mas o espírito arrependido dele ainda assombra a mansão. A mancha de sangue já foi muito admirada por turistas e outras pessoas e não pode ser removida.

– Mas que bobagem – retrucou Washington Otis. – O Removedor-Detergente Implacável da Pinkerton limpará tudo em um piscar de olhos.

Antes que a governanta pudesse interferir, ele já havia se ajoelhado e estava esfregando o chão energicamente com um pauzinho e algo que mais parecia um cosmético preto. Em poucos instantes, todos os vestígios da mancha tinham desaparecido.

– Eu sabia que o Pinkerton funcionaria – exclamou ele, triunfante, enquanto retribuía os olhares aprovadores de sua família, mas, assim que terminou de proferir aquelas palavras, um raio terrível iluminou todo o salão escuro, o estrondo espantoso do trovão fez todos se levantarem e a sra. Umney desmaiou.

– Que tempo pavoroso! – disse o ministro, calmamente, enquanto acendia um longo charuto. – Este país deve estar tão superpovoado que não há tempo bom para todos os habitantes. Sempre fui da opinião de que a imigração é só o que resta à Inglaterra.

– Meu querido Hiram – chamou a sra. Otis –, o que podemos fazer com uma mulher desmaiada?

– Descontaremos de seu pagamento como pausas no trabalho – respondeu o ministro. – Ela não desmaiará depois disso.

Em poucos instantes, a sra. Umney, de fato, recobrou a consciência. Não havia dúvidas, contudo, de que estava extremamente chateada, e alertou o sr. Otis de maneira incisiva quanto a alguns percalços que poderiam se suceder na casa.

– Já vi muitas coisas com estes olhos, senhor – afirmou ela –, que fariam qualquer cristão se arrepiar inteiro e são incontáveis as noites em que não consegui pregar os olhos por conta das coisas terríveis que se passaram por aqui.

O sr. Otis e sua esposa, no entanto, garantiram àquela alma honesta que não tinham medo de fantasma. Após invocar a bênção da Providência sobre seus novos patrões e combinar um aumento em seu salário, a velha governanta recolheu-se em seu aposento.

CAPÍTULO II

O temporal vociferou a noite toda, mas nada particularmente peculiar ocorreu. Na manhã seguinte, contudo, quando todos desceram para o café da manhã, a terrível mancha de sangue estava de novo no chão.

– Não acho que possa ser culpa do Detergente Implacável – ponderou Washington –, pois já o testei com tudo que é possível, deve ser o fantasma.

Ele removeu a mancha uma segunda vez, mas, na manhã seguinte, lá estava ela novamente. Na terceira manhã, a mancha também retornou, embora a biblioteca tivesse sido trancada pelo próprio sr. Otis, que levara a chave consigo para o pavimento superior. Toda a família agora estava muito intrigada: o sr. Otis começou a suspeitar que havia sido dogmático demais em sua negação à existência de fantasmas; a sra. Otis expressou sua intenção de se juntar à Sociedade de Pesquisas Psíquicas; e Washington elaborou uma longa carta aos srs. Frederic Myers e Frank Podmore sobre a permanência de manchas de sangue relacionadas a crimes. Naquela noite, todas as dúvidas quanto à existência objetiva da fantasmagoria foram totalmente eliminadas.

O dia havia começado quente e ensolarado e, quando o frescor da noite se instaurou, a família saiu para uma volta de coche. Eles retornaram somente às nove horas e fizeram uma refeição leve. A conversa não girava, de modo algum, em torno de fantasmas, então não havia sequer a condição primária da expectativa que frequentemente precede a aparição de um fenômeno sobrenatural. Os assuntos discutidos, pelo que contou o próprio sr. Otis, resumiam-se aos tópicos corriqueiros de americanos cultos da classe mais abastada, como o fato da srta. Fanny Devonport ser bem melhor atriz do que Sarah Bernhardt; a dificuldade em se conseguir milho-verde, bolos de trigo sarraceno e canjica até mesmo nas melhores lojas inglesas; a importância de Boston no desenvolvimento do espírito universal; as vantagens do sistema de despacho de bagagens nas viagens de trem; e a graciosidade do sotaque nova-iorquino em comparação à arrastada fala londrina. Absolutamente nenhuma menção foi feita a assombrações, nem a *sir* Simon de Canterville. Às onze horas, todos se recolheram em seus aposentos particulares e às onze e meia, todas as luzes estavam apagadas.

Algum tempo depois, o sr. Otis foi acordado por um barulho curioso no corredor, do lado de fora de seu quarto, soava como o rangido de algo metálico e parecia estar se aproximando cada vez mais. O ministro se levantou de imediato, acendeu um fósforo e olhou para o relógio, era, exatamente, uma hora. Ele estava bastante calmo e mediu sua pulsação, que não estava nem um pouco acelerada, o ruído estranho continuou e ouvia-se também o som distinto de passos, então o ministro calçou as chinelas, pegou um frasco de vidro comprido da mesa de cabeceira e abriu a porta. Bem à sua frente ele viu, sob a fraca luz do luar, um velho de aspecto pavoroso; seus olhos eram vermelhos como carvão em brasa; os cabelos grisalhos escorriam pelos ombros em cachos emaranhados; suas roupas, muito antigas, estavam sujas e rasgadas; e de seus pulsos e tornozelos pendiam pesadas algemas e grilhões enferrujados.

– Meu caro senhor – disse o sr. Otis –, preciso pedir que lubrifique essas correntes. Trouxe-lhe, para tal fim, um pequeno frasco de lubrificante Sol Nascente, da Tammany. Dizem que sua eficácia é completa com apenas uma aplicação e há vários testemunhos de tal eficiência na embalagem, de alguns de nossos mais distintos conterrâneos. Eu o deixarei aqui para o senhor, ao lado dos candelabros, e ficarei feliz em fornecer mais, se necessitar.

Com essas palavras, o ministro estadunidense deixou o frasco sobre a mesa de mármore e, fechando a porta, recolheu-se para descansar.

Por um instante, o fantasma de Canterville permaneceu imóvel, naturalmente indignado. Então, espatifando o frasco no piso polido, ele seguiu apressadamente pelo corredor, emitindo grunhidos guturais e emanando uma luz verde horripilante. Logo que chegou ao topo da grande escadaria de carvalho, no entanto, uma porta foi escancarada, duas pequenas criaturas de camisola branca apareceram e um travesseiro foi arremessado, passando zunindo ao lado de sua cabeça! Não havia, evidentemente, tempo a perder, então, adotando a quarta dimensão do Espaço como rota de fuga, ele desapareceu pela parede e a casa ficou novamente em silêncio.

Ao chegar à pequena câmara secreta na ala oeste, ele se apoiou em um raio de luar para recuperar o fôlego e começou a tentar assimilar sua situação. Nunca, em uma brilhante e ininterrupta carreira de trezentos anos, ele fora tão gravemente insultado, pensou na duquesa-viúva, que ele apavorara quando estava parada diante do espelho, coberta de joias e rendas; nas quatro criadas, que ficaram histéricas quando ele meramente sorriu para elas por entre as cortinas de um dos cômodos vagos; no vigário da paróquia, cuja vela ele apagara quando o homem estava saindo da biblioteca e que estava sob os cuidados de *sir* William Gull desde então, por conta de distúrbios nervosos; e da velha madame de Tremouillac, que, após ter acordado cedo pela manhã e visto um esqueleto sentado em sua poltrona lendo seu diário, ficara confinada na cama por seis semanas, sofrendo de febre cerebral, e que, depois de recuperar-se, reconciliou-se com a igreja e cortou laços com aquele cético famoso, *monsieur* de Voltaire. Ele se lembrou da noite terrível em que o perverso lorde Canterville foi encontrado sufocando em seu closet, com um valete de ouros enfiado na garganta, e confessou, pouco antes de morrer, que havia arrancado cinquenta mil libras de Charles James Fox em um jogo no Crockford's trapaceando com aquela mesma carta, e que o fantasma o obrigara a engoli-la.

Todas essas grandes proezas retornaram à sua memória, desde o mordomo que se matara com um tiro na despensa, porque havia visto uma mão verde tamborilando os dedos na vidraça da janela até a bela lady Stutfield, que foi obrigada a usar uma fita de veludo preta em torno do pescoço para esconder a marca dos cinco dedos que queimaram sua pele alva e que, por fim, acabara se afogando no tanque de carpas de King's Walk. Com o egotismo entusiasmado de um verdadeiro artista, ele relembrou todas as suas façanhas mais celebradas e sorriu amarguradamente para si mesmo ao recordar sua última aparição como "Rubem, o Vermelho" ou como o "Bebê Estrangulado"; seu debute como "Guant Gibeon, o Vampiro de Bexley Moor"; e o furor que causara em uma agradável noite de junho meramente ao jogar chinquilho com seus próprios ossos na quadra gramada de tênis. E depois de tudo isso, uns miseráveis americanos modernos vinham lhe oferecer lubrificante Sol Nascente e arremessar travesseiros em sua cabeça! Aquilo era inaceitável. Além disso, nenhum fantasma na história havia sido tratado de tal forma, então decidiu se vingar, e permaneceu até o raiar do dia refletindo sobre a questão.

CAPÍTULO III

Na manhã seguinte, quando a família Otis se reuniu para o café da manhã, discutiu sobre o fantasma por algum tempo. O ministro, naturalmente, ficou um tanto irritado por seu presente ter sido rejeitado.

– Não desejo, de forma alguma – comentou ele –, fazer qualquer ofensa pessoal ao fantasma e preciso dizer que, considerando o tempo que ele já está na casa, acho que não é nem um pouco educado arremessar travesseiros nele – uma observação muito justa, diante da qual, lamento dizer, os gêmeos caíram na gargalhada. – Por outro lado – continuou –, se ele realmente se recusa a usar o lubrificante Sol Nascente, teremos de tomar suas correntes. Seria impossível dormir com tamanha barulheira nos corredores.

Durante o resto da semana, no entanto, eles não foram mais perturbados, e a única coisa que continuou chamando a atenção foi a contínua renovação da mancha de sangue na biblioteca. Isso, certamente, era muito estranho, visto que a porta era sempre trancada à noite pelo sr. Otis e as janelas, devidamente obstruídas com barras. A cor camaleônica da mancha também rendeu diversos comentários, pois em algumas manhãs, era um vermelho opaco (quase indiano); em outro dia, vermelho-alaranjado; em outro, um roxo vívido; e certa vez, quando a família desceu para fazer suas preces, seguindo os ritos simples da Igreja Episcopal Reformada dos Estados Unidos, a mancha era de um verde-esmeralda intenso. É claro que essas mudanças caleidoscópicas divertiam a família um bocado e apostas quanto à próxima cor eram feitas todas as noites. A única pessoa que não participava da brincadeira era Virginia, que, por motivos inexplicados, sempre se perturbava muito diante da mancha de sangue e quase chorou no dia em que amanhecera verde-esmeralda.

A segunda aparição do fantasma foi no domingo à noite, pouco depois de a família ter ido dormir, eles foram subitamente despertados por um estrondo no corredor e ao descerem as escadas correndo, descobriram que uma antiga armadura havia sido removida de seu suporte e jazia espatifada no piso de pedra, enquanto o fantasma de Canterville se encontrava sentado em uma poltrona de encosto alto, esfregando os joelhos e com uma expressão de agonia tremenda no rosto. Os gêmeos, que tinham levado suas zarabatanas, imediatamente atiraram duas pelotas nele, com uma precisão de pontaria que só se pode obter com muitas horas de prática intensiva, ao passo que o ministro apontou-lhe o revólver e mandou, seguindo a etiqueta californiana, que pusesse as mãos ao alto! O fantasma se levantou, dando um grito medonho de raiva, passou por entre eles como uma névoa, apagando a vela de Washington ao fazê-lo e deixando todos na completa escuridão.

Ao chegar ao topo da escadaria, ele se recuperou e decidiu bramir sua célebre gargalhada demoníaca, pois tal artifício se provara, em mais de uma ocasião, extremamente útil. Dizia-se que havia embranquecido os cabelos de lorde Raker em uma única noite e também fizera com que três governantas francesas de lady Canterville pedissem dispensa antes do primeiro mês de trabalho. Ele deu, portanto, sua gargalhada mais horripilante, até o velho teto abobadado reverberá-la repetidamente, mas o eco pavoroso mal havia cessado quando uma porta se abriu e a sra. Otis apareceu, com sua camisola azul-claro.

– Receio que o senhor não esteja nada bem – comentou ela –, então lhe trouxe um frasco de tintura do doutor Dobell. Se for indigestão, o senhor verá que é um remédio excelente.

O fantasma a encarou, furioso, e começou imediatamente a se preparar para se transformar em um grande cachorro preto, uma façanha pela qual era igualmente reconhecido e à qual o médico da família sempre atribuiu o idiotismo permanente do tio de lorde Canterville, o Honorável Thomas Horton. O som de passos se aproximando, contudo, o fez hesitar, então ele se contentou em ficar levemente fosforescente e desapareceu com um grunhido demoníaco bem quando os gêmeos se aproximaram dele.

Ao chegar ao seu quarto, ele desabou completamente e sucumbiu a uma agitação violenta. A vulgaridade dos gêmeos e o materialismo repugnante da sra. Otis eram, naturalmente, muito irritantes, mas o que realmente o perturbava era o fato de que ele não conseguira colocar a armadura. Ele esperava que até mesmo americanos modernos se inquietassem ao ver um espectro encouraçado, se não por um motivo mais sensato, ao menos por respeito a seu conterrâneo Henry Longfellow, com cuja poesia graciosa e encantadora ele próprio passara muitas enfadonhas horas quando os Canterville estavam na cidade. Além disso, aquela era sua própria armadura, ele a usara, com grande sucesso, no torneio de Kenilworth e recebera muitos elogios de ninguém menos que a Rainha Virgem em pessoa. Entretanto, quando a colocou hoje, fora completamente vencido pelo peso do peitoral enorme e do elmo de aço e desabara com tudo no piso de pedra, esfolando os dois joelhos e machucando as articulações da mão direita.

Por alguns dias após esse incidente, ele ficou extremamente debilitado e saiu de seu quarto apenas para fazer a devida manutenção da mancha de sangue. Entretanto, tendo cuidado muito bem de si mesmo, ele se recuperou e resolveu fazer uma terceira tentativa de assustar o ministro norte-americano e sua família. Escolheu a sexta-feira, dia 17 de agosto, para sua aparição, e passou boa parte do dia vasculhando o guarda-roupa, decidindo-se, por fim, por um enorme chapéu de abas largas com uma pena vermelha, um sudário com babados nos punhos e no pescoço e uma adaga enferrujada.

Ao anoitecer, uma tempestade violenta desabou e o vento estava tão forte que todas as janelas e portas do velho casarão tremiam e chacoalhavam. Para falar a verdade, era exatamente esse clima que ele adorava, seu plano de ação era o seguinte: ele entraria sorrateiramente nos aposentos pessoais de Washington Otis, tagarelaria uma porção de coisas sem sentido ao pé da cama e daria três punhaladas na própria garganta ao som de uma música lenta. Ele nutria um ressentimento particular por Washington, pois sabia perfeitamente que era ele quem tinha o hábito de remover a famosa mancha de sangue com o Detergente Implacável Pinkerton. Depois de reduzir o jovem negligente e petulante a um estado de pavor abjeto, ele passaria para o cômodo ocupado pelo ministro e sua esposa, onde colocaria a mão fria e úmida na testa da sra. Otis enquanto sussurrava no ouvido de seu marido apavorado todos os segredos terríveis que se ocultavam no ossuário. Quanto à pequena Virginia, ele ainda não tinha decidido. Ela jamais o insultara de forma alguma, e era bonita e educada. Ele supunha que alguns grunhidos guturais do guarda-roupa fossem o suficiente. Ou, se os grunhidos não a despertassem, talvez ele puxasse a colcha com seus dedos trêmulos. Quanto aos gêmeos, ele estava bastante decidido a lhes ensinar uma lição. A primeira coisa a se fazer, é claro, era sentar sobre o peito deles, de modo a provocar a sensação sufocante de um pesadelo. Então, como as camas deles eram bastante próximas uma da outra, ele ficaria parado entre elas na forma de um cadáver verde e gélido, até eles ficarem paralisados de medo, e, por fim, arrancaria o sudário e rastejaria pelo quarto, com seus ossos esbranquiçados e um olho frouxo, incorporando o personagem de "Daniel, o Débil ou o Esqueleto do Suicida", um papel que provocara ótimos efeitos em mais de uma ocasião e que ele considerava equivalente a seu famoso personagem "Martin, o Maníaco ou o Misterioso Mascarado".

***

Às dez e meia, o fantasma ouviu a família indo para a cama. Durante algum tempo, ele foi importunado por irrupções de riso dos gêmeos, que, com a vivacidade despreocupada das crianças, estavam evidentemente se divertindo antes de se deitarem para dormir, mas, às onze e meia, tudo estava quieto e, quando o relógio bateu meia-noite, ele partiu ao ataque. A coruja batia contra a vidraça das janelas, o corvo grasnia do velho teixo e o vento rodeava a casa gemendo como uma alma perdida, mas a família Otis dormia, inconsciente de sua sina, e por cima da chuva e da tempestade, o fantasma podia ouvir o ronco imperturbável do ministro estadunidense. Ele saiu furtivamente da parede, com um sorriso demoníaco em sua boca enrugada e cruel, e a lua escondeu seu rosto atrás de uma nuvem quando ele passou pela enorme janela da sacada, onde se encontravam, blasonados em azul e dourado, seu brasão e o de sua esposa assassinada. Adiante, ele planou, como uma sombra maligna e a própria escuridão parecia odiá-lo.

Em determinado momento, pensou ter ouvido alguém chamar e parou, mas era apenas o latido de um cão da Fazenda Vermelha, então ele seguiu em frente, resmungando estranhas maldições do século XVI e sem jamais largar a adaga enferrujada que trazia empunhada. Finalmente, ele chegou ao canto do corredor que levava aos aposentos do desafortunado Washington. Por um instante, ele ficou parado ali, com o vento balançando suas longas madeixas grisalhas e retorcendo em pregas grotescas e fantasmagóricas, o horror inominável do sudário de um defunto.

O relógio marcou um quarto de hora e ele sentiu que era o momento de agir. O fantasma riu para si mesmo e entrou no corredor, mas assim que o fizera, desabou para trás, com um grito patético de terror, e escondeu o rosto com as mãos compridas e ossudas. Bem diante dele havia um espectro horroroso, imóvel como uma pintura rupestre e tão pavoroso quanto o pesadelo de um louco! A cabeça era calva e lustrosa; o rosto era redondo, gordo e pálido; e uma risada medonha parecia ter retorcido e paralisado seu semblante em um sorriso eterno. Dos olhos emanavam raios vermelho-escarlate, a boca era um largo poço de fogo, e um traje horroroso, tal qual sua própria vestimenta, envolvia com sua neve silenciosa a figura de Titã. Em seu peito havia uma tabuleta com uma inscrição esquisita, com caracteres antigos, que parecia ser uma relação de desonras, uma espécie de registro de pecados bárbaros, um terrível calendário de crimes, e, em sua mão direita, o espectro segurava um alfanje de aço brilhante. Como nunca havia visto um fantasma antes, ele ficou, como era de se esperar, terrivelmente amedrontado e, após uma segunda e rápida inspeção daquela horripilante assombração, retornou rapidamente para o quarto, tropeçando em seu longo sudário enquanto atravessava o corredor correndo, e acabou por derrubar a adaga enferrujada na bota do ministro, que foi encontrada, na manhã seguinte, pelo mordomo.

Assim que estava na privacidade de seus aposentos pessoais, ele desabou em uma pequena cama e escondeu-se debaixo das cobertas. Depois de um tempo, contudo, o velho e corajoso espírito de Canterville se recompôs e decidiu ir conversar com o outro fantasma quando amanhecesse. Assim que os raios dourados do Sol tocaram as montanhas, portanto, ele retornou ao local onde havia se deparado com o espectro assustador, pensando que dois fantasmas eram melhores do que um, no fim das contas, e que, com a ajuda de seu novo colega, talvez ele conseguisse defrontar os gêmeos com segurança. Ao chegar ao local, no entanto, uma visão terrível se apresentou diante dele. Era evidente que algo havia acontecido com o espectro, pois seus olhos não brilhavam mais, o alfanje brilhante caíra de sua mão e ele estava apoiado na parede em uma posição tensa e desconfortável.

O fantasma correu até lá e o segurou nos braços, mas, para seu horror, a cabeça se desprendeu e saiu rolando pelo chão, o corpo assumiu uma postura ociosa e ele se viu segurando um lençol de fustão e com uma vassoura, um cutelo e um nabo no chão, a seus pés! Sem conseguir compreender aquela curiosa transformação, ele pegou a tabuleta com uma pressa febril e lá, sob a luz acinzentada da manhã, leu estas palavras medonhas:

O FANTASMA OTIS
Assombração autêntica e original, cuidado com imitações.
Todos os demais são falsificações.

Toda a tramoia ficou clara para ele, que fora enganado, iludido e logrado! A característica expressão dos Canterville transpareceu em seus olhos, então ele apertou as gengivas desdentadas com força e, erguendo as mãos ressequidas ao alto, jurou, na fraseologia pitoresca da antiga escola, que quando o galo cantasse alegremente pela segunda vez, rios de sangue seriam derramados e a morte se alastraria com seus passos silenciosos.

O fantasma mal havia proferido seu terrível juramento quando, do telhado de telhas vermelhas de uma casa distante, um galo cantou, ele soltou uma risada longa, grave e horripilante e esperou. Hora após hora ele esperou, mas o galo, por algum motivo estranho, não voltou a cantar. Por fim, às sete e meia, a chegada da criadagem o fez desistir de sua funesta vigília e ele voltou para seus aposentos pessoais, pensando em seu juramento vão e em seu propósito frívolo. Consultou, então, diversos livros sobre cavalaria antiga, os quais apreciava tremendamente, e descobriu que, em todas as ocasiões em que tal juramento havia sido feito, o galo sempre cantara uma segunda vez.

– Ao diabo com a maldita ave – resmungou ele. – Houve um tempo em que eu fincaria minha lança em sua garganta e a faria cantar para mim, nem que fosse seu último galicínio!

Então, acomodou-se em um confortável caixão de chumbo e lá permaneceu até a noite.

CAPÍTULO IV

No dia seguinte, o fantasma estava muito fraco e cansado, a agitação terrível das últimas quatro semanas estava começando a pesar. Os nervos dele estavam em frangalhos e ele se sobressaltava com qualquer barulhinho. Durante cinco dias, permaneceu em seu quarto e, por fim, decidiu desistir de recuperar a mancha de sangue do chão da biblioteca, se a família Otis não a queria lá, eles claramente não a mereciam. Eram, evidentemente, pessoas da mais pífia estirpe, incapazes de apreciar o valor simbólico dos fenômenos sensoriais. A questão das aparições fantasmagóricas e do desenvolvimento de corpos astrais era, é claro, algo totalmente diverso e que, de fato, fugia ao seu controle. Era seu dever solene aparecer no corredor uma vez por semana e tagarelar coisas sem sentido da janela da sacada na primeira e na terceira quarta-feira de todo mês, e ele não fazia ideia de como poderia escapar de suas obrigações de forma honrada. É bem verdade que sua vida fora um tanto funesta, mas, por outro lado, ele levava muito a sério tudo que era relacionado ao sobrenatural.

Nos três sábados seguintes, portanto, ele apareceu no corredor, como de costume, entre meia-noite e três da manhã, tomando todas as precauções possíveis para não ser visto nem ouvido. Ele tirava as botas, caminhava com a maior parcimônia possível sobre as tábuas gastas de madeira, vestia uma enorme capa de veludo preto e tomava o cuidado de usar o lubrificante Sol Nascente para untar suas correntes. Preciso reconhecer que foi com grande relutância que ele se convenceu a adotar essa última medida de proteção.

Uma noite, entretanto, enquanto a família estava jantando, ele entrou sorrateiramente nos aposentos pessoais do sr. Otis e pegou a garrafa. Ele se sentiu um pouco humilhado no começo, mas, depois, teve sensatez suficiente para perceber que o produto era passível de muitos elogios e que, até certo ponto, cumpria o propósito a que se propunha, mesmo assim, a despeito de todas as medidas, a família não o deixou em paz. Cordas costumavam ser amarradas de modo a cruzar o corredor, fazendo-o tropeçar no escuro, e, em uma ocasião em que estava vestido como "Isaac, o Negro ou o Caçador do Bosque de Hogley", ele sofreu uma queda brutal ao escorregar em uma camada de manteiga que os gêmeos haviam espalhado da entrada do Salão de Tapeçarias até o topo da escadaria de carvalho. Esse último insulto o enraiveceu tanto que ele decidiu fazer uma última tentativa de defender sua dignidade e sua posição social e decidiu fazer uma visitinha aos jovens e insolentes alunos de Eton na noite seguinte, personificando seu famoso personagem "Rupert, o Irresponsável ou o Conde Sem Cabeça".

Ele não usava aquele disfarce há mais de setenta anos, para falar a verdade, desde que havia apavorado a bela lady Barbara Modish a tal ponto que ela repentinamente terminou o noivado com o avô do atual lorde Canterville e fugiu para Gretna Green com o bonitão Jack Castletown, declarando que nada no mundo a forçaria a fazer parte de uma família que permite a um fantasma tão horrendo passear pelo terraço ao entardecer. O pobre Jack acabou sendo morto a tiros por lorde Canterville em um duelo em Wandsworth Common, e lady Barbara morreu de tristeza em Tunbridge Wells antes de findar o ano, então a façanha tinha sido um sucesso em todos os sentidos.

Era, contudo, uma "maquiagem", se é que posso usar uma expressão tão teatral para um dos maiores mistérios sobrenaturais ou, para empregar um termo mais científico, do mundo hipernatural, extremamente difícil de fazer, e ele levou nada menos que três horas para se preparar. Finalmente, tudo estava pronto e ele se sentia muito contente com sua aparência, pois as botas de montaria de couro que acompanhavam o traje eram um pouquinho grandes e ele só conseguiu encontrar uma das duas pistolas, mas, no geral, ele estava bastante satisfeito e, à uma e quinze da manhã, ele atravessou a parede e deslizou pelo corredor.

Ao chegar ao cômodo ocupado pelos gêmeos, que, devo mencionar, era chamado de Quarto da Cama Azul, por conta da cor do dossel, ele encontrou a porta entreaberta. Desejando fazer uma entrada eficiente, ele a escancarou, e um balde d'água caiu bem em cima dele, encharcando-o até os ossos e por pouco não acertando seu ombro esquerdo. No mesmo instante, ele ouviu gritinhos abafados de gargalhada vindos da cama, o choque em seu sistema nervoso foi tamanho que ele retornou para seus aposentos o mais rápido que pôde e, no dia seguinte, foi assolado por um resfriado. Seu único consolo em toda aquela situação era o fato de que ele não havia levado a cabeça consigo, pois, caso contrário, as consequências poderiam ter sido muito graves.

Assim, o fantasma abriu mão de toda e qualquer esperança de assustar aquela grosseira família americana e se resignou a se arrastar de chinelos pelos corredores, com um cachecol vermelho enrolado no pescoço, por temer as correntes de ar, e um pequeno arcabuz, para o caso de ser atacado pelos gêmeos. O golpe final aconteceu em 19 de setembro, ele tinha descido as escadas até o grande saguão de entrada, certo de que ali não seria molestado, e divertia-se fazendo comentários satíricos sobre as grandes fotografias, tiradas por Napoleon Sarony, do ministro norte-americano e sua esposa e que agora ocupavam o lugar dos retratos da família Canterville. Estava elegantemente trajando uma mortalha longa e simples, manchada de mofo, tinha prendido o maxilar com uma fita amarela e trazia nas mãos uma pequena lamparina e uma pá.

Na verdade, ele estava usando as vestimentas do personagem "Jonas, o Insepulto ou o Ladrão de Cadáveres de Chertsey Barn", um de seus papéis mais notáveis e que os Canterville certamente não conseguiriam esquecer, visto que era a origem real do desentendimento com seu vizinho, lorde Rufford. Eram aproximadamente duas e quinze da manhã e, até onde ele podia garantir, ninguém estava acordado. Quando ele se encaminhou para a biblioteca, contudo, para checar se ainda havia algum vestígio da mancha de sangue, subitamente duas figuras saltaram de um canto escuro, balançando os braços enlouquecidamente acima da cabeça, e gritaram "BUUU!" em seu ouvido!

Tomado pelo pânico, que, dadas as circunstâncias, era perfeitamente natural, ele correu para a escadaria, mas encontrou Washington Otis aguardando por ele lá com uma grande mangueira de jardim. Vendo-se cercado pelos inimigos e quase acuado, ele desapareceu dentro da grande fornalha de ferro, que, para sua sorte, não estava acesa, e precisou retornar a seus aposentos pessoais pelos fumeiros e pelas chaminés, chegando ao quarto em um estado deplorável de sujeira, desalinho e desespero.

Depois disso, ele não foi mais visto em nenhuma expedição noturna. Os gêmeos ficaram à sua espera em diversas ocasiões e esparramavam cascas de nozes todas as noites, para grande irritação de seus pais e dos criados, mas de nada adiantou, pois estava bastante claro que os sentimentos dele haviam sido tão feridos que ele não apareceria mais. O sr. Otis, consequentemente, retomou seu grande trabalho sobre a história do Partido Democrático, na qual ele estava trabalhando há alguns anos; a sra. Otis organizou um maravilhoso churrasco de mexilhões, que surpreendeu todo o condado; os garotos dedicaram-se ao lacrosse, ao euchre, ao pôquer e a outros jogos tradicionais americanos; e Virginia aproveitou para cavalgar pela região com seu pônei, acompanhada pelo jovem duque de Cheshire, que tinha vindo passar a última semana de férias na Mansão Canterville.

Todos presumiram que o fantasma havia partido e para falar a verdade, o sr. Otis chegou a escrever uma carta mencionando o fato a lorde Canterville, que, em resposta, expressou sua grande satisfação com a notícia e enviou seus efusivos cumprimentos à honrada esposa do ministro. Os Otis, no entanto, estavam enganados, pois o fantasma ainda se encontrava na casa e, embora fosse agora quase um inválido, não estava, de forma alguma, pronto para esquecer o que tinha acontecido, especialmente depois de ficar sabendo que um dos hóspedes era o jovem duque de Cheshire, cujo tio-avô, lorde Francis Stilton, certa vez, apostara cem guinéus com o Coronel Carbury que jogaria dados com o fantasma de Canterville e fora encontrado, na manhã seguinte, deitado no chão do salão de carteado, em um estado de paralisia tão irremediável que, apesar de ter vivido até uma idade bastante avançada, nunca mais conseguiu dizer qualquer coisa além de "duplo seis". A história ficou bastante conhecida na época, embora, é claro, por respeito aos sentimentos das duas famílias aristocratas, tenha-se tomado todas as providências possíveis para abafar o caso, mas um relato completo das circunstâncias relacionadas a ele pode ser encontrado no terceiro volume de *As recordações de lorde Tattle do príncipe-regente e seus amigos*.

O fantasma, como era de se esperar, portanto, estava muito ansioso para mostrar que não tinha perdido sua influência sobre os Stilton, que eram, afinal de contas, seus parentes distantes, visto que sua prima de primeiro grau havia tomado como seu segundo esposo *sir* de Bulkeley, de quem, como todos sabem, os duques de Cheshire são descendentes diretos. Desse modo, ele se preparou para aparecer para o namoradinho de Virginia como seu famoso personagem "O Monge Vampiro, ou o Beneditino Desumano", um papel tão horroroso que quando lady Startup o viu, na fatal noite de Ano Novo do ano de 1764, bramiu gritos tremendamente estridentes, que acarretaram em uma violenta apoplexia e faleceu após três dias, depois de deserdar os Canterville, que eram seus parentes mais próximos, deixando todo o seu dinheiro para seu farmacêutico de Londres. No último minuto, contudo, seu pavor dos gêmeos o impediu de sair do quarto, então o jovem duque dormiu em paz sob o enorme dossel de plumas nos Aposentos Reais e sonhou com Virginia.

CAPÍTULO V

Poucos dias depois, Virginia e seu cavaleiro de cabelos encaracolados saíram para cavalgar pelos prados de Brockley, onde ela abriu um enorme rasgo no vestido, ao passar por uma sebe no caminho para casa, que decidiu subir pela escadaria dos fundos para não ser vista. Quando estava passando pelo Salão de Tapeçarias, cuja porta estava aberta, ela achou ter avistado alguém lá dentro e, pensando ser a aia de sua mãe, que às vezes ia trabalhar ali, entrou para pedir que ela cosesse seu vestido. Para sua imensa surpresa, no entanto, era o fantasma de Canterville em pessoa! Ele estava sentado perto da janela, observando o ouro envelhecido das árvores outonais flutuar pelo ar e as folhas avermelhadas bailarem enlouquecidamente pela longa estrada. O fantasma estava apoiando a cabeça na mão e toda a sua postura era de depressão extrema, parecia tão desamparado e irremediável que a pequena Virginia, cuja primeira ideia fora sair correndo e se trancar em seus aposentos pessoais, sentiu uma pena imensa e decidiu tentar reconfortá-lo. Os passos da garota eram tão leves e a melancolia do fantasma, tão intensa que ele não percebeu a presença dela até a jovem falar.

– Sinto muito pelo senhor – afirmou ela. – Mas meus irmãos voltarão para Eton amanhã e então, se o senhor se comportar, ninguém o importunará.

– Pedir que eu me comporte é absurdo – exclamou ele, virando-se, surpreso, para a bela garota que ousara conversar com ele. – Muito absurdo. Eu preciso arrastar minhas correntes, grunhir pelos buracos das fechaduras e perambular durante a madrugada, se é a isso que você se refere. É minha única razão de existir.

– Nada disso é razão para existir, e o senhor sabe que foi muito cruel. A sra. Umney nos contou, no dia em que chegamos aqui, que o senhor matou sua mulher.

– Está bem, eu admito – respondeu o fantasma com um ar petulante –, mas essa foi uma questão familiar e que não dizia respeito a mais ninguém.

– É muito errado matar qualquer pessoa – repreendeu Virginia, que, por vezes, demonstrava uma encantadora seriedade puritana, herdada de algum antigo ancestral da Nova Inglaterra.

– Ah, eu detesto a severidade barata da ética abstrata! Minha esposa era bastante ordinária, nunca engomava meus rufos adequadamente e não entendia nada de cozinha. Oras, certa vez, abati um corço na Floresta de Hogley, um animal magnífico, e sabe como ela mandou prepará-lo? Já não importa, afinal de contas, pois são águas passadas e não acho que tenha sido muito afável da parte dos irmãos dela me matar de fome, embora eu a tenha assassinado.

– Matá-lo de fome? Oh, sr. Fantasma… Digo, *sir* Simon, o senhor está com fome? Tenho um sanduíche na bolsa. Aceita?

– Não, obrigado, eu não como mais, porém é muito gentil de sua parte oferecer, de toda forma, e você é muito mais agradável que o restante da sua família horrível, rude, vulgar e desonesta.

– Pare! – gritou Virginia, batendo o pé. – O senhor é que é rude, horrível e vulgar e, quanto à desonestidade, eu sei que roubou as tintas da minha caixa para tentar recuperar aquela mancha de sangue ridícula da biblioteca. Primeiro, pegou todos os vermelhos, inclusive o vermelho-alaranjado, de modo que não pude mais pintar o pôr do sol; depois, pegou o verde-esmeralda e o amarelo-cromo; até que, por fim, restaram-me apenas o azul-índigo e o branco-chinês, e então eu só pude pintar cenas de luar, que são sempre deprimentes e nem um pouco fáceis de pintar. Eu nunca o delatei, embora tenha ficado muito irritada, e toda essa situação é extremamente ridícula, afinal, quem é que um dia ouviu falar de sangue verde-esmeralda?

– Ora, francamente – retrucou o fantasma em um tom um tanto resignado –, o que mais eu poderia fazer? Conseguir sangue de verdade, nos dias de hoje, é muito difícil e, como seu irmão começou isso tudo com aquele tal Detergente Implacável, eu certamente não vi por que não deveria pegar suas tintas. Quanto à cor, sempre se trata de uma questão de gosto: os Canterville têm sangue azul, por exemplo, o mais azul da Inglaterra, mas sei que vocês, americanos, não se importam com coisas dessa natureza.

– O senhor não sabe de nada sobre isso e o melhor que pode fazer é emigrar e aprender mais. Meu pai ficará feliz em lhe arranjar uma passagem gratuita e, embora sejam cobrados impostos pesados de espíritos de qualquer tipo, o senhor não terá dificuldade alguma na alfândega, visto que os funcionários são todos democratas. Assim que chegar a Nova Iorque, certamente será um grande sucesso, sei de várias pessoas que pagariam centenas de milhares de dólares para ter um avô, e muito mais que isso para ter um fantasma na família.

– Não acho que eu iria gostar da América.

– Suponho que seja porque lá não temos ruínas e nem curiosidades – respondeu Virginia satiricamente.

– Nenhuma ruína! Nenhuma curiosidade! – reiterou o fantasma. – Vocês têm sua Marinha e seus costumes.

– Boa noite. Pedirei a meu pai que consiga uma semana a mais de férias para os gêmeos.

– Por favor, não vá, srta. Virginia – implorou ele. – Sou tão solitário e tão infeliz, realmente não sei o que fazer, quero dormir, mas não consigo.

– Isso é um absurdo! Basta deitar-se e apagar a vela. Difícil é permanecer acordado, especialmente na igreja, mas não há dificuldade alguma em dormir. Oras, até os bebês sabem como fazê-lo, e eles não são muito espertos.

– Não durmo há trezentos anos – contou ele tristemente, e os olhos de Virginia se arregalaram, espantados. – Há trezentos anos que não durmo, e estou muito cansado.

Virginia ficou bastante séria, e seus pequenos lábios tremiam como folhas de roseiras. Ela caminhou na direção do fantasma e, ajoelhando-se ao lado dele, olhou em seu rosto velho e enrugado.

– Pobre, pobre fantasma – murmurou ela. – Não há um lugar onde o senhor possa dormir?

– Muito além do bosque de pinheiros – respondeu ele em um tom grave e sonhador –, há um pequeno jardim. Lá, a grama cresce alta e espessa; lá, existe uma constelação de cicutas brancas; lá, o rouxinol canta a noite toda. A noite toda ele canta, e a lua de cristal olha para a terra, e o teixo estende seus braços gigantes por cima dos adormecidos.

Os olhos de Virginia ficaram embaçados com as lágrimas, e ela escondeu o rosto com as mãos.

– O senhor se refere ao Jardim da Morte – sussurrou ela.

– Sim, a morte. A morte deve ser tão bela. Deitar-se sobre a terra marrom e macia, com a grama oscilando acima de sua cabeça e ouvindo o silêncio. Não ter ontem nem amanhã. Esquecer o tempo, esquecer a vida, estar em paz. Você pode me ajudar. Pode abrir para mim os portais da casa da morte, pois o amor sempre está com você, e o amor é mais poderoso que a morte.

Virginia estremeceu, um tremor gelado atravessou seu corpo, e ela permaneceu em silêncio por alguns instantes. Ela se sentia como se estivesse em um sonho terrível.

O fantasma voltou a falar, e sua voz era como o suspiro do vento.

– Você já leu a velha profecia na janela da biblioteca?

– Ah, muitas vezes – exclamou a garota, erguendo os olhos. – Já a decorei. Está pintada em letras pretas curiosas, e é difícil de ler. Tem apenas seis versos:

"Quando uma menina dourada conseguir incitar
Os lábios de um pecador a orar,
Quando a amendoeira estéril frutos produzir,
E a pequena criança se puser a vagir,
Então a casa se aquietará
E a paz a Canterville retornará."

– Mas não sei o que significam – confessou ela.

– Significam – disse o fantasma, cheio de tristeza –, que você deve chorar comigo pelos meus pecados, pois não tenho lágrimas; e rezar por mim pela minha alma, pois não tenho fé; e então, se você tiver sempre sido meiga, bondosa e gentil, o anjo da morte se apiedará de mim. Você verá figuras medonhas no escuro, e vozes apavorantes sussurrarão em seu ouvido, mas elas não lhe farão mal, pois os poderes do Inferno não conseguem prevalecer sobre a pureza de uma criança.

Virginia não respondeu, e o fantasma torceu as mãos em um indomável desespero enquanto olhava para a loura cabeça abaixada da garota. Repentinamente, ela se levantou, muito pálida, e com um brilho estranho nos olhos. Disse:

– Não tenho medo – afirmou ela com firmeza. – Pedirei que o anjo tenha piedade do senhor.

Ele se levantou com um grito de alegria abafado e, fazendo uma reverência antiquada, pegou a mão dela e beijou. Os dedos dele eram gelados e os lábios queimaram como fogo, mas Virginia não pestanejou, e ele a guiou pelo salão escuro. Na tapeçaria verde desbotada, havia pequenos caçadores bordados, eles sopraram suas cornetas e, com suas mãozinhas minúsculas, acenaram para que ela voltasse.

– Volte, pequena Virginia! – gritaram eles. – Volte!

Mas o fantasma apertou a mão dela com mais força, e ela fechou os olhos para ignorá-los. Animais horripilantes, com rabos de lagarto e olhos esbugalhados piscavam para ela da lareira entalhada, e murmuravam:

– Tome cuidado, pequena Virginia! Tome cuidado! Talvez nunca mais a vejamos novamente.

Mas o fantasma apressou o passo e Virginia não deu ouvidos. Quando eles chegaram ao fundo do salão, ele parou e murmurou algumas palavras que ela não compreendeu. Quando abriu os olhos, viu a parede se dissolver lentamente em uma névoa e uma grande caverna escura à sua frente. Um vento gelado soprava ao redor deles, e ela sentiu algo puxando seu vestido.

– Depressa, depressa – gritou o fantasma. – Ou será tarde demais.

Em um instante, a parede se fechou atrás dele e o Salão de Tapeçarias ficou vazio.

CAPÍTULO VI

Uns dez minutos depois, o sino anunciou que o chá estava servido e, como Virginia não desceu, a sra. Otis enviou um dos lacaios para chamá-la. Depois de um tempo, ele retornou e disse que não conseguiu encontrá-la em lugar nenhum. Como a jovem tinha o hábito de ir ao jardim todos os dias, no final da tarde, a fim de colher flores para a mesa do jantar, a sra. Otis não se preocupou muito em um primeiro momento, mas quando o relógio marcou seis horas e Virginia não apareceu, ela ficou tremendamente agitada e mandou os garotos procurarem no jardim, enquanto ela e o sr. Otis vasculhavam todos os cômodos da casa.

Às seis e meia, os meninos voltaram dizendo que não encontraram sinal algum da irmã e todos estavam extremamente nervosos, sem saber o que fazer, quando o sr. Otis subitamente lembrou que, alguns dias antes, ele havia concedido a um grupo de ciganos permissão para acampar no parque. Ele partiu, portanto, de imediato para Blackfell Hollow, onde sabia que eles estavam instalados, acompanhado por seu filho mais velho e por dois trabalhadores da fazenda. O jovem duque de Cheshire, que estava uma verdadeira pilha de nervos, implorou de joelhos para ir junto, mas o sr. Otis não permitiu, por medo que houvesse um confronto.

Ao chegar ao local, contudo, ele descobriu que os ciganos já tinham ido embora, e era evidente que sua partida fora um tanto repentina, visto que a fogueira ainda estava acesa e alguns pratos estavam espalhados pela grama. Depois de mandar Washington e os dois homens vasculhar a região, ele voltou depressa para casa, e enviou telegramas para todos os inspetores de polícia do condado, solicitando que procurassem por uma garotinha que havia sido raptada por indigentes ou ciganos. Então, ele mandou trazer seu cavalo e, após insistir que sua esposa e os garotos se sentassem para jantar, partiu pela estrada para Ascot com um cavalariço. Entretanto, mal havia começado sua jornada quando ouviu alguém galopando atrás deles, ao virar-se, viu o jovem duque se aproximando em seu pônei, com o rosto muito vermelho e sem chapéu.

– Eu lamento muitíssimo, sr. Otis – arfou o rapaz –, mas não conseguirei jantar enquanto Virginia estiver desaparecida. Por favor, não se zangue comigo e se o senhor tivesse permitido nosso noivado no ano passado, nada disso estaria acontecendo. O senhor não me mandará de volta, não é? Não posso voltar! Não vou voltar!

O ministro não pôde deixar de sorrir diante daquele belo e alvoroçado rapaz, e ficou muito tocado com a devoção dele por Virginia. Então, inclinando-se sobre o cavalo, deu uma tapinha no ombro dele e disse:

– Ora, Cecil, se você se recusa a voltar, suponho que precise vir comigo, mas teremos de arranjar um chapéu para você em Ascot.

– Ah, de que importa meu chapéu? Quero Virginia! – exclamou o jovem duque, rindo, e eles seguiram rumo à estação de trem.

Lá, o sr. Otis perguntou ao chefe da estação se alguém com a aparência de Virginia tinha sido visto na plataforma, mas não obteve nenhuma notícia. O chefe da estação, contudo, telegrafou para todos os pontos da linha e garantiu que todos estariam totalmente alertas a qualquer sinal da jovem. Após comprar um chapéu para o jovem duque em uma loja de tecidos que já estava fechando as portas, o sr. Otis partiu rumo a Bexley, um vilarejo a pouco mais de seis quilômetros, conhecido por ser habitado por muitos ciganos, visto que havia um terreno comunitário nas proximidades. Chegando lá, eles acordaram o guarda rural, mas não conseguiram informação alguma com ele e, após cavalgarem por todo o terreno, encaminharam-se para casa, chegando à mansão perto das onze horas, mortos de cansaço e com o coração quase partido, encontraram Washington e os gêmeos no portão da propriedade, munidos com lamparinas acesas, visto que a estrada estava bem escura.

Nenhum vestígio de Virginia havia sido encontrado. Eles tinham alcançado os ciganos nos prados de Brockley, mas ela não estava com eles, que explicaram sua partida repentina alegando que haviam confundido a data da Feira de Chorton e que saíram às pressas por medo de chegarem atrasados. Os ciganos ficaram, na verdade, muito perturbados ao ouvir sobre o desaparecimento de Virginia, pois eram muito gratos ao sr. Otis por ter permitido que eles acampassem no parque, e quatro membros da trupe ficaram na região para ajudar nas buscas. O tanque de carpas fora drenado e toda a mansão, completamente vasculhada, mas sem qualquer resultado. Era evidente que, ao menos por aquela noite, Virginia estava perdida para eles, e foi em um estado de depressão profunda que o sr. Otis e os garotos retornaram para a casa, seguidos pelo cavalariço com os dois cavalos e o pônei. No corredor, eles encontraram um grupo de criados apavorados e, deitada em um sofá na biblioteca, estava a pobre sra. Otis, quase enlouquecida de pavor e ansiedade, com a velha governanta fazendo compressas de água de colônia em sua testa.

O sr. Otis imediatamente insistiu em comer algo e ordenou que o jantar fosse servido para todo o grupo. Foi uma refeição melancólica, visto que quase ninguém abriu a boca, e até mesmo os gêmeos estavam perplexos e calados, já que eram muito afeiçoados à irmã. Quando todos terminaram de comer, o sr. Otis, a despeito dos apelos do jovem duque, ordenou que todos fossem para a cama, alegando que nada mais poderia ser feito aquela noite e que ele telegrafaria para a Scotland Yard na manhã seguinte para solicitar que alguns detetives fossem enviados imediatamente. No momento em que estavam saindo da sala de jantar, o relógio da torre anunciou bombasticamente a chegada da meia-noite, e, quando a última badalada cessou, eles ouviram um estrondo e um grito estridente repentino. O estouro de um trovão apavorante estremeceu a casa, uma música fantasmagórica se espalhou pelo ar, um painel que ficava no topo da escadaria desprendeu-se com um grande ruído e no patamar da escada, muito pálida e branca, com um pequeno porta-joias nas mãos, estava Virginia. Imediatamente, todos correram até ela e a sra. Otis a envolveu com entusiasmo em seus braços, o duque a sufocou com beijos violentos e os gêmeos fizeram uma enlouquecida dança de guerra ao redor do grupo.

– Deus do céu! Por onde você andou, minha filha? – indagou o sr. Otis um tanto zangado, pensando que ela havia pregado algum tipo de peça na família. – Cecil e eu atravessamos o condado inteiro à sua procura, e sua mãe quase morreu de susto! Você nunca mais deve fazer brincadeiras dessa natureza.

– Exceto com o fantasma! Exceto com o fantasma! – gritaram os gêmeos, saltitando sem parar.

– Minha querida, graças a Deus você foi encontrada. Você nunca mais deve sair do meu lado – murmurou a sra. Otis, beijando a garota trêmula e alisando seus cabelos dourados.

– Papai – disse Virginia, baixinho –, estive com o fantasma. Ele está morto, e o senhor precisa vir vê-lo. Ele foi muito perverso, mas estava realmente arrependido por tudo que fez e me deu esta caixa com belas joias antes de morrer.

Toda a família a encarava, perplexa e emudecida, mas Virginia estava muito sóbria e serena e, virando-se de costas, atravessou a abertura na parede e guiou-os por um estreito corredor secreto. Washington foi logo atrás com uma vela acesa, que ele pegara da mesa. Finalmente, eles chegaram a uma grande porta de carvalho, cravejada de pregos enferrujados, quando Virginia a tocou, a porta se abriu, rangendo suas dobradiças pesadas, e todos entraram em um pequeno quarto, com teto baixo e uma pequena janela com grades. Encravada na parede, havia uma enorme argola de ferro e, preso a ela por correntes, um frágil esqueleto, que jazia esparramado no chão de pedra e parecia estar tentando pegar, com seus dedos longos e descarnados, uma travessa e um jarro, que haviam sido colocados fora de seu alcance. O jarro, evidentemente, costumava estar cheio de água, visto que a parte interna estava coberta por musgo verde e não havia nada na travessa além de um monte de pó. Virginia ajoelhou-se ao lado do esqueleto e, unindo as mãos, começou a rezar em silêncio, enquanto o restante da família observava, atônita, a tragédia terrível cujo segredo era, finalmente, revelado a eles.

– Olhem! – exclamou subitamente um dos gêmeos, que estava olhando pela janela, tentando descobrir em qual ala da casa o cômodo estava localizado. – Olhem! A velha amendoeira seca floresceu. Posso ver as flores com bastante clareza sob o luar.

– Deus o perdoou – anunciou Virginia enquanto se levantava. Uma linda luz pareceu iluminar seu rosto.

– Você é mesmo um anjo! – exclamou o jovem duque, envolvendo o pescoço dela com o braço e beijando-a.

CAPÍTULO VII

Quatro dias após esses curiosos incidentes, um funeral teve início na Mansão Canterville, por volta das onze horas da noite. O carro fúnebre era puxado por oito cavalos pretos, cada um com um grande penacho de plumas de avestruz na cabeça, e o caixão de chumbo estava coberto por um manto de um roxo intenso, no qual o brasão dos Canterville estava bordado em dourado. Ao lado do carro fúnebre e dos coches, os criados caminhavam com tochas acesas, e toda a procissão era estonteantemente impressionante. Lorde Canterville liderava o cortejo, tendo vindo do País de Gales especialmente para o funeral, e estava acompanhado em sua carruagem pela jovem Virginia. Em seguida, vinham o ministro norte-americano e sua esposa; depois, Washington e os três garotos; e na última carruagem estava a sra. Umney. Todos concordavam que, como ela fora assombrada pelo fantasma durante mais de cinquenta anos de sua vida, tinha o direito de vê-lo partir. Uma cova funda havia sido cavada no canto do cemitério, bem embaixo do velho teixo, e o serviço fúnebre foi recitado de maneira impressionante pelo Reverendo Augustus Dampier.

Quando a cerimônia encerrou, os criados, seguindo um velho costume da família Canterville, apagaram as tochas e enquanto o caixão era depositado na cova, Virginia se adiantou e colocou sobre ele uma grande cruz feita de flores de amendoeira brancas e rosas. Assim que o fez, a lua saiu de trás de uma nuvem e inundou o pequeno cemitério com seus silenciosos raios prateados. De um bosque distante, um rouxinol começou a cantar. Ela pensou na descrição do Jardim da Morte que o fantasma fizera, seus olhos se encheram de lágrimas e ela mal conseguiu dizer uma palavra sequer no caminho para casa.

Na manhã seguinte, antes de o lorde Canterville partir para a cidade, o sr. Otis conversou com ele sobre as joias que o fantasma havia dado a Virginia. Eram verdadeiramente magníficas, em especial um colar de rubis de antiga fabricação veneziana, uma peça soberba do século XVI, e de valor tão inestimável que o sr. Otis ficou receoso de permitir que a filha as aceitasse.

– Milorde – disse ele –, sei que, neste país, a alienação dos bens do falecido aplica-se tanto às joias quanto às terras, e está muito claro para mim que essas peças são, ou deveriam ser, heranças da sua família. Preciso pedir-lhe, portanto, que as leve consigo para Londres e que as considere meramente parte de sua propriedade que lhe foi devolvida sob circunstâncias um tanto estranhas. Quanto à minha filha, ela não passa de uma criança e ainda não tem, fico contente em dizer, muito interesse por essas futilidades luxuosas. Também fui informado pela sra. Otis, que, devo dizer, é uma autoridade quando se trata de arte, tendo tido o privilégio de passar muitos invernos em Boston quando era garota, que essas gemas são de grande valor monetário e que, se postas à venda, arrecadariam uma quantia alta. Diante dessas circunstâncias, lorde Canterville, tenho certeza de que o senhor reconhecerá a impossibilidade de eu permitir que as peças fiquem sob a posse de qualquer membro da minha família. Além do mais, a bem da verdade, esses brinquedos e adornos frívolos, embora adequados ou necessários à dignidade da aristocracia britânica, ficariam completamente deslocados nas mãos de quem foi criado sob os princípios severos e, creio eu, imortais da simplicidade republicana. Talvez eu deva mencionar que Virginia gostaria muito que o senhor lhe permitisse ficar com o porta-joias, como uma lembrança de seu desafortunado, porém insensato antepassado. Como se trata de um objeto extremamente antigo e, consequentemente, em péssimo estado, talvez o senhor julgue pertinente atender o pedido da garota. De minha parte, confesso que fico bastante surpreso em ver uma filha minha demonstrar tanta simpatia por qualquer forma de medievalismo e só posso atribuir esse comportamento ao fato de que Virginia nasceu em uma cidade dos subúrbios de Londres pouco depois de a sra. Otis retornar de uma viagem curta à Atenas.

Lorde Canterville ouviu, muito compenetrado, o discurso do digno ministro, puxando os fios do bigode grisalho de vez em quando para ocultar um sorriso involuntário, e quando o sr. Otis terminou de falar, o nobre apertou sua mão cordialmente e disse:

– Meu caro senhor, sua encantadora filha prestou a meu malogrado antepassado, *sir* Simon, um serviço muito importante, e eu e minha família estamos em grande débito com ela por sua maravilhosa coragem e determinação. As joias, claramente, pertencem a dela, e acredito que se eu fosse tão insensível a ponto de tomá-las para mim, o danado do fantasma sairia de seu túmulo dentro de duas semanas e me infernizaria pelo resto da vida. Quanto à questão da herança, nada é considerado herança se não estiver mencionado em um testamento ou documento legal, e a existência dessas joias era completamente desconhecida. Garanto que não tenho mais direito a elas do que seu mordomo, e quando a srta. Virginia crescer, ouso dizer que ficará contente em ter adereços bonitos para usar. Além disso, o senhor esqueceu, sr. Otis, de que pagou pela mobília e pelo fantasma quando fechamos nosso acordo, então qualquer pertence do fantasma passou a ser imediatamente de sua posse, visto que, independentemente das atividades que *sir* Simon tenha desempenhado nos corredores à noite, perante a lei ele estava realmente morto, e o senhor adquiriu os bens dele pela compra.

O sr. Otis ficou extremamente inquieto com a recusa de lorde Canterville e suplicou que ele reconsiderasse sua decisão, mas o bom nobre foi bastante firme e, por fim, induziu o ministro a permitir que sua filha ficasse com o presente que o fantasma tinha lhe dado, e quando, na primavera de 1890, a jovem duquesa de Cheshire foi apresentada à rainha por ocasião de seu casamento, suas joias foram alvo de admiração geral. Virginia recebeu a coroa ducal, conferida a todas as jovens americanas bem-comportadas, e casou-se com seu amado assim que ele atingiu a maioridade, ambos eram tão encantadores e se amavam tanto que todos ficaram entusiasmados com o enlace, à exceção da velha marquesa de Doubleton, que tentara fisgar o duque para uma de suas sete filhas solteiras e gastara uma boa quantia em nada menos que três jantares com esse propósito e, estranhamente, do próprio sr. Otis, que era, particularmente, muito afeiçoado ao jovem duque, mas teoricamente era avesso a títulos e, em suas próprias palavras, "temia que, em meio às influências enervantes da aristocracia amante do prazer, os princípios da simplicidade republicana acabassem esquecidos". Suas objeções, no entanto, foram completamente anuladas, e acredito que quando ele atravessou a nave da igreja de St. George, em Hanover Square, de braços dados com a filha, não havia homem mais orgulhoso em todo território da Inglaterra.

Quando acabou a lua de mel, o duque e a duquesa foram à Mansão Canterville e, na tarde de sua chegada, foram até o solitário cemitério próximo ao bosque de pinheiros. Houve, a princípio, muita discussão quanto ao que deveria ser escrito na lápide de *sir* Simon, mas, por fim, decidiu-se gravar apenas as iniciais do velho cavalheiro e os versos da janela da biblioteca. A duquesa levara rosas lindas para colocar sobre o túmulo e, depois de ficarem ali por um tempo, eles entraram nas ruínas da antiga abadia. Lá, a duquesa se sentou em um pilar tombado, enquanto seu marido deitou-se a seus pés, fumando um cigarro e admirando seus belos olhos. Subitamente, ele jogou o cigarro longe, segurou a mão da jovem e disse:

– Virginia, uma esposa não deveria esconder segredos do marido.

– Meu querido Cecil! Não escondo segredos de você.

– Esconde, sim – afirmou ele, sorrindo. – Você nunca me contou o que aconteceu com você durante o tempo em que ficou presa com o fantasma.

– Nunca contei a ninguém, Cecil – respondeu Virginia em um tom grave.

– Eu sei disso, mas você pode me contar.

– Por favor, não peça isso, Cecil. Não posso lhe contar. Pobre *sir* Simon! Devo muito a ele. Sim, não ria, Cecil, eu realmente devo. Ele me fez ver o que a Vida é, o que a Morte significa e por que o Amor é mais forte que ambos.

O duque levantou-se e beijou a esposa com carinho.

– Você pode guardar seu segredo, desde que me dê seu coração – murmurou ele.

– Ele sempre foi seu, Cecil.

– E você contará aos nossos filhos, um dia, não contará?

Virginia corou.

O PRÍNCIPE FELIZ

Bem acima da cidade, sobre uma coluna alta, ficava a estátua do Príncipe Feliz. Era toda revestida por finas folhas de ouro, duas safiras reluzentes faziam as vezes dos olhos, e um enorme rubi vermelho brilhava no punho de sua espada.

Ele era, de fato, muito admirado.

– É tão belo quanto um cata-vento – comentou um dos conselheiros da cidade que desejava ser conhecido por seu apreço pela arte. – Pena não ser tão útil – acrescentou ele, receando que as pessoas o julgassem pouco prático, o que, de fato, não era.

– Por que você não pode ser como o Príncipe Feliz? – perguntou uma mãe sensata a seu filhinho que chorava, pedindo-lhe a lua. – O Príncipe Feliz nunca chora por coisa alguma.

– Fico feliz que exista alguém tão feliz no mundo – murmurou um homem frustrado ao olhar para a maravilhosa estátua.

– Parece um anjo – comentaram as crianças do orfanato quando saíram da catedral com suas capas de um vermelho vivo e seus aventais branquíssimos.

– Como vocês sabem? – questionou o professor de Matemática. – Vocês nunca viram um anjo.

– Ah, já vimos, sim. Em nossos sonhos – responderam as crianças, e o professor franziu o cenho e assumiu uma expressão muito severa, pois não aprovava que as crianças sonhassem.

Um dia, uma Andorinha sobrevoou a cidade. Suas amigas tinham partido para o Egito seis semanas antes, mas ela tinha ficado para trás, pois estava apaixonada por um belíssimo Junco. Ela o conhecera no início da primavera, quando estava voando por sobre o rio, perseguindo uma grande mariposa amarela, e ficara tão atraída por sua esbelta cintura que parara para conversar com ele.

– Devo amá-lo? – indagou a Andorinha, que gostava de ir direto ao ponto, e o Junco lhe fez uma majestosa reverência.

Então, ela voou ao redor de seu amado, tocando a água com as asas e provocando ondulações prateadas. Assim era seu cortejo, que durou todo o verão.

– Que afeição mais ridícula! – chilrearam as outras andorinhas. – Ele não tem dinheiro, além de ter parentes demais.

E, de fato, o rio estava repleto de juncos.

Então, quando o outono chegou, todas partiram. Depois que suas companheiras se foram, a Andorinha sentiu-se sozinha, e começou a enfastiar-se de seu amado.

– Ele não diz uma única palavra – reclamou ela – e receio que seja um safado, pois está sempre flertando com a brisa.

E deveras, sempre que a brisa soprava, o Junco fazia as reverências mais graciosas.

– Admito que ele é caseiro – continuou ela –, mas eu adoro viajar e meu esposo, consequentemente, também deveria adorar viajar.

Finalmente, a Andorinha perguntou ao Junco:

– Você viria comigo?

Mas ele meneou a cabeça, pois era apegado demais à sua casa.

– Você apenas brincou comigo! – esbravejou a Andorinha. – Estou indo para as pirâmides. Adeus!

E, assim, ela partiu.

Voou o dia todo e, à noite, chegou à cidade.

– Onde me abrigarei? – refletiu ela. – Espero que a cidade tenha se preparado para me receber.

Então, ela avistou a estátua no topo da alta coluna.

– Eu me acomodarei ali – decidiu ela. – É uma ótima localização, com bastante ar fresco.

Então, ela se acomodou bem entre os pés do Príncipe Feliz.

– Tenho uma cama dourada – disse, baixinho, para si mesma, enquanto olhava ao seu redor, e preparou-se para dormir, mas justo quando estava aninhando a cabeça debaixo da asa, uma grande gota d'água caiu sobre ela. – Que curioso! – Exclamou ela. – Não há nuvem alguma no céu e as estrelas estão reluzindo, mas está chovendo. O clima no norte da Europa é mesmo terrível. O Junco gostava da chuva, mas ele era um egoísta.

Outra gota caiu.

– De que serve uma estátua, se não consegue conter a chuva? – ralhou ela. – Preciso encontrar uma boa chaminé.

E decidiu sair dali. Mas antes que abrisse as asas, uma terceira gota caiu. Ela olhou para cima e viu... Ah! Que viu ela?

Os olhos do Príncipe Feliz estavam cheios d'água, e lágrimas escorriam por suas bochechas douradas. Seu rosto era tão formoso sob o luar que a pequena Andorinha se compadeceu.

– Quem é você? – perguntou ela.

– Sou o Príncipe Feliz.

– Então por que está chorando? – indagou a Andorinha. – Você me encharcou todinha.

– Quando eu era vivo e tinha um coração humano – contou a estátua –, não sabia o que eram lágrimas, pois vivia no Palácio de Sans-Souci, onde a tristeza não tinha permissão para entrar. Durante o dia, eu brincava com meus companheiros no jardim e, à noite, conduzia o baile no Grande Salão. Uma enorme muralha rodeava o jardim, mas nunca me atrevi a perguntar o que jazia além do paredão, pois tudo ao meu redor era maravilhoso. Meus cortesãos me chamavam de Príncipe Feliz e, de fato, eu era feliz, se a felicidade pode ser considerada sinônimo de prazer. Assim vivi e morri. E agora que estou morto, eles me colocaram aqui no alto para que eu possa observar toda a feiura e miséria da minha cidade, e embora meu coração seja feito de chumbo, não posso evitar o choro.

"O quê? Ele não é feito todo de ouro?" – pensou a Andorinha consigo mesma. Era gentil demais para fazer qualquer observação pessoal em voz alta.

– Lá longe – continuou a estátua em um tom grave e musical –, em uma viela, há uma casinha pobre. Uma das janelas está aberta e, por ela, consigo ver uma mulher sentada a uma mesa. Seu rosto é magro e envelhecido, e tem mãos vermelhas e ásperas, cheias de feridas de agulhas, pois é costureira. Ela está bordando flores de maracujá em um vestido de cetim para a mais bela das damas de companhia da rainha usar no próximo baile da corte. Deitado em uma cama no canto do quarto está seu filhinho adoecido, que está com febre e pede laranjas. A mãe não tem nada para dar a ele além de água do rio, então ele está chorando. Andorinha, Andorinha, pequena Andorinha, você levaria o rubi de minha espada para ela? Meus pés estão presos ao pedestal e não posso me mover.

– Sou aguardada no Egito – respondeu a Andorinha. – Minhas amigas estão sobrevoando o Nilo e conversando com as enormes flores de lótus, logo elas dormirão na tumba do grande rei. O corpo do próprio rei está lá, em seu caixão adornado, envolto em linho amarelo e foi embalsamado com especiarias. Um colar de jade verde-claro está dependurado em seu pescoço, e suas mãos são como folhas secas.

– Andorinha, Andorinha, pequena Andorinha – repetiu o Príncipe. – Você não ficaria comigo por uma noite, para ser minha mensageira? O menino tem muita sede, e a mãe está demasiado entristecida.

– Acho que não gosto de garotos – respondeu a Andorinha. – No verão passado, quando eu estava instalada no rio, havia dois garotos perversos, os filhos do moleiro, que viviam jogando pedras em mim, eles nunca me acertaram, é claro. Nós, andorinhas, voamos alto demais e, além disso, minha família é conhecida por sua agilidade. Mas, mesmo assim, foi um sinal de desrespeito.

O Príncipe Feliz parecia tão desolado que a pequena Andorinha se apiedou.

– Está muito frio aqui – comentou ela –, mas eu ficarei com você por uma noite e serei sua mensageira.

– Obrigado, pequena Andorinha – disse o Príncipe.

Então, a Andorinha arrancou o rubi na espada do Príncipe e voou para longe, por cima dos telhados da cidade, carregando-a no bico.

Ela passou pela torre da catedral, com seus anjos esculpidos em mármore branco. Passou pelo palácio e ouviu o barulho de uma dança e uma linda garota saiu na sacada com seu amado.

– Como as estrelas são maravilhosas – disse ele a ela. – E como é maravilhoso o poder do amor!

– Espero que meu vestido esteja pronto a tempo do baile oficial – respondeu a moça. – Ordenei que fossem bordadas flores de maracujá, mas as costureiras são tão preguiçosas...

A andorinha passou por cima do rio e viu as lanternas dependuradas nos mastros dos navios. Passou por cima do gueto e avistou os velhos judeus negociando entre si e pesando as moedas em balanças de cobre. Por fim, chegou ao casebre e olhou para dentro, o garoto febril se agitava na cama, ao passo que a mãe tinha pegado no sono, de tão cansada que estava. Ela entrou saltitando pela janela e colocou o enorme rubi na mesa, ao lado do dedal da mulher. Então, voou graciosamente ao redor da cama, abanando a testa do menino com suas asas.

– Como me sinto refrescado – disse o garoto. – Devo estar melhorando.

E caiu em um sono delicioso. Então, a Andorinha retornou ao Príncipe Feliz e contou a ele o que tinha feito.

– É curioso – comentou ela –, mas me sinto bastante aquecida agora, embora esteja muito frio.

– É porque você fez uma boa ação – afirmou o Príncipe.

A pequena Andorinha começou a pensar, e então adormeceu. Pensar sempre a deixava sonolenta.

Quando o dia raiou, ela voou até o rio para se banhar.

– Que fenômeno extraordinário – dizia o professor de Ornitologia, que estava atravessando a ponte. – Uma Andorinha no inverno!

E escreveu uma longa carta sobre o assunto ao jornal local. Todos comentaram o artigo, mas era tão cheio de palavras que não compreendiam.

– Esta noite, irei para o Egito – exclamou a Andorinha, animada com a perspectiva.

Ela visitou todos os monumentos públicos da cidade e permaneceu sentada no topo do campanário da igreja por um bom tempo. Em todos os lugares por onde passou, os pardais chilreavam e comentavam:

– Que estrangeira mais distinta!

E ela se regozijou.

Quando a lua surgiu, ela voou novamente até o Príncipe Feliz.

– Tem alguma encomenda para o Egito? – perguntou ela. – Estou de partida.

– Andorinha, Andorinha, pequena Andorinha – disse o Príncipe. – Você não ficaria comigo por mais uma noite?

– Sou aguardada no Egito – reiterou a Andorinha. – Amanhã, minhas amigas irão para a Segunda Catarata. Lá, os hipopótamos se deitam em meio aos juncos e, sentado em um grande trono de granito, encontra-se o deus Mêmnon. Durante toda a noite, ele observa as estrelas, e quando a grande estrela da manhã emerge, ele dá um único grito de alegria, e então silencia novamente. Ao meio-dia, os leões amarelos descem até o rio para tomar água. Seus olhos são como berilos verdes e seu rugido é mais alto que o da catarata.

– Andorinha, Andorinha, pequena Andorinha – disse o Príncipe –, lá do outro lado da cidade, avisto um jovem em uma água-furtada[1]. Ele está debruçado sobre uma mesa abarrotada de papéis, com um vaso de violetas murchas a seu lado. Seus cabelos são castanhos e crespos, e seus lábios, vermelhos como romã, e ele tem olhos grandes e sonhadores. Ele está tentando terminar uma peça para o Diretor do Teatro, mas sente frio demais para continuar escrevendo, não há fogo na lareira, e ele está fraco de fome.

– Eu ficarei com você mais uma noite – aquiesceu a Andorinha, que realmente tinha um bom coração. – Devo levar outro rubi para ele?

– Infelizmente, não tenho mais rubis – respondeu o Príncipe. – Meus olhos são tudo o que tenho. São feitos de safiras raras, que foram trazidas da Índia mil anos atrás. Arranque uma delas e leve para ele. Ele a venderá para o joalheiro e poderá comprar comida e lenha, e terminará a peça.

– Caro Príncipe – respondeu a Andorinha –, não posso fazer isso!

E se pôs a chorar.

– Andorinha, Andorinha, pequena Andorinha – disse o Príncipe –, faça o que mandei.

Então, a Andorinha arrancou um olho do Príncipe e voou para longe, até a água-furtada do estudante. Foi bastante fácil entrar, visto que havia um buraco no telhado e pela abertura ela se infiltrou no quarto. O jovem estava com a cabeça enterrada nas mãos e, por isso, não ouviu as asas do pássaro batendo. Quando ergueu os olhos, encontrou a bela safira em meio às violetas murchas.

– Estou começando a ser apreciado – exclamou ele. – Este é um presente de algum grande admirador. Agora, posso terminar minha peça.

---

1 Também é conhecida por calha. (N.E.)

Ele parecia muito contente.

No dia seguinte, a Andorinha desceu até o porto. Sentando-se no mastro de uma grande embarcação, observou os marinheiros tirando grandes baús do porão com cordas.

– Upa! – gritavam eles toda vez que um baú era içado.

– Estou indo para o Egito – gritou a Andorinha, mas ninguém se importou, e quando a lua surgiu, ela retornou ao Príncipe Feliz.

– Vim lhe dar adeus – anunciou ela.

– Andorinha, Andorinha, pequena Andorinha – disse o Príncipe. – Você não ficaria comigo por mais uma noite?

– Já é inverno – ponderou a Andorinha – e a neve gelada em breve chegará. No Egito, o Sol é quente nas palmeiras verdejantes, e os crocodilos se deitam preguiçosamente na lama. Minhas companheiras estão construindo um ninho no Templo de Balbeque, e as pombas rosadas e brancas as estão observando e arrulhando umas para as outras. Caro Príncipe, preciso deixá-lo, mas jamais me esquecerei de você e, na próxima primavera, eu lhe trarei duas belas gemas para substituir as que você doou. O rubi será mais vermelho que uma rosa vermelha, e a safira será tão azul quanto o oceano.

– Lá embaixo, na praça – contou o Príncipe –, há uma garotinha vendedora de fósforos. Ela deixou os fósforos caírem na sarjeta, e agora estão todos estragados, o pai a surrará se ela não levar algum dinheiro para casa e por causa disso está chorando. Ela não tem sapatos nem meias, e sua cabecinha está desprotegida. Arranque meu outro olho e leve para ela, para que seu pai não a surre.

– Eu ficarei mais uma noite com você – prometeu a Andorinha –, mas não posso arrancar seu outro olho. Você ficaria totalmente cego se eu o fizesse.

– Andorinha, Andorinha, pequena Andorinha – disse o Príncipe –, faça o que mandei.

Então, a ave arrancou o outro olho do Príncipe e voou na direção da praça. Ela passou pela vendedora de fósforos e soltou a gema na palma de sua mão.

– Que lindo pedacinho de vidro! – exclamou a menininha, e correu para casa, rindo.

Então, a Andorinha voltou até o Príncipe.

– Você está cego agora – disse ela –, então ficarei para sempre com você.

– Não, pequena Andorinha – respondeu o pobre Príncipe. – Você precisa ir para o Egito.

– Eu ficarei para sempre com você – repetiu ela, e dormiu aos pés do Príncipe.

Durante todo o dia seguinte, ela permaneceu sentada no ombro do Príncipe e lhe contou histórias do que havia visto em terras estrangeiras. Contou a ele sobre os guarás vermelhos, que formavam longas filas nas margens do Nilo e capturavam peixes dourados com os bicos; sobre a Esfinge, que era tão antiga quanto o próprio mundo e vive no deserto e sabe de tudo; sobre os comerciantes, que caminham ao lado de seus camelos e levam contas de âmbar nas mãos; sobre o Rei das Montanhas da Lua, que é preto como ébano e venera um cristal enorme; sobre a grande serpente verde, que dorme em uma palmeira e tem vinte sacerdotes que a alimentam com bolos de mel; e sobre os pigmeus, que velejam por um lago imenso em folhas largas e planas e estão sempre em guerra com as borboletas.

– Minha querida Andorinha – disse o Príncipe –, você me conta coisas maravilhosas, porém mais maravilhoso que tudo isso é o sofrimento dos homens e das mulheres. Não há mistério maior que a miséria. Sobrevoe minha cidade, pequena Andorinha, e conte-me o que vê.

Então, a Andorinha sobrevoou a grande cidade e viu os ricos divertindo-se em suas lindas casas, ao passo que os mendigos se apinhavam em seus portões. Ela entrou em ruelas sombrias e viu os rostos pálidos de crianças passando fome, observando, com olhos indiferentes, as ruas escuras. Sob o arco de uma ponte, dois garotinhos estavam deitados abraçados um ao outro para tentar espantar o frio.

– Estamos com tanta fome! – disseram eles.

– Vocês não podem se deitar aí – gritara o guarda, e eles se afastaram sob a chuva.

Ela retornou, então, e contou ao Príncipe o que havia visto.

– Meu corpo é revestido de folhas de ouro – disse o Príncipe. – Você precisa arrancá-las, uma a uma, e dar aos pobres. Os vivos sempre pensam que o ouro pode trazer a felicidade.

Folha após folha, a Andorinha foi arrancando, até o Príncipe Feliz ficar com uma aparência opaca e cinzenta. Folha após folha, ela distribuiu o ouro aos pobres, e os rostos das crianças ficaram mais corados, e elas riam e brincavam nas ruas.

– Agora temos pão! – exclamavam.

Então, chegou a neve e, depois dela, a geada. As ruas pareciam ter sido feitas de prata, de tão reluzentes e cintilantes; longos pingentes de gelo, tais quais adagas de cristal, pendiam do beiral das casas; todos circulavam envoltos em peles, e as crianças usavam gorros vermelhos e deslizavam pelo gelo.

A pobre Andorinha sentia cada vez mais frio, mas se recusava a deixar o Príncipe, tamanho era seu amor por ele. Catava migalhas do lado de fora da porta do padeiro quando ele não estava olhando e tentava se manter aquecida batendo as asas.

Por fim, ela soube que iria morrer e mal teve forças para voar até o ombro do Príncipe uma última vez.

– Adeus, querido Príncipe – murmurou ela. – Permite que eu beije sua mão uma última vez?

– Fico contente que finalmente vá para o Egito – respondeu ele. – Você permaneceu aqui tempo demais, mas deve beijar-me os lábios, pois eu a amo.

– Não é para o Egito que vou – esclareceu a Andorinha. – Vou para o Lar da Morte. A Morte é irmã do Sono, não é?

E ela beijou os lábios do Príncipe e caiu morta a seus pés.

Naquele momento, um ruído curioso estalou dentro da estátua, como se algo tivesse se quebrado. O coração de chumbo havia se partido em dois. Certamente, fazia muito frio.

Cedo na manhã seguinte, o Prefeito estava caminhando pela praça da cidade, na companhia de seus conselheiros. Ao passarem pela coluna, eles olharam para a estátua.

– Minha nossa! Que aparência horrorosa a do Príncipe! – exclamou ele.

– Realmente horrorosa! – disseram os conselheiros da cidade, que sempre concordavam com o Prefeito, e eles subiram para examiná-la.

– O rubi caiu da espada, os olhos se foram, e o outro desapareceu – observou o Prefeito. – Para falar a verdade, parece-se mais com um mendigo!

– Parece-se mais com um mendigo – repetiram os conselheiros.

– E há até um pássaro morto aos pés dele! – continuou o Prefeito. – Realmente, precisamos emitir uma declaração de que pássaros não têm permissão para morrer aqui.

Os conselheiros anotaram a sugestão.

Assim, eles removeram a estátua do Príncipe Feliz do pedestal.

– Como ele não é mais belo, não é mais útil – ponderou o professor de Arte da universidade.

Então, eles fundiram a estátua em uma fornalha e o Prefeito convocou uma reunião da Administração para decidir o que seria feito com o metal.

– Devemos fazer outra estátua, é claro – afirmou ele. – E será uma estátua minha.

– Não, minha! – protestaram todos os conselheiros da cidade, e começaram a discutir. A última notícia que tive é de que ainda estão discutindo.

– Que estranho – disse o supervisor da fundição. – Este coração de chumbo partido não derrete na fornalha, então precisamos jogar fora.

Eles o jogaram em um monte de lixo onde a Andorinha morta também havia sido despejada.

– Traga-me as duas coisas mais importantes da cidade – disse Deus a um de seus Anjos, e o Anjo lhe levou o coração de chumbo e o pássaro morto.

– Sua escolha foi acertada – disse Deus –, pois no meu jardim no Paraíso, este pássaro cantará para sempre, e em minha cidade de ouro, o Príncipe Feliz me louvará.

O ROUXINOL E A ROSA

– Ela disse que dançaria comigo se eu lhe trouxesse rosas vermelhas – lamentou o jovem Estudante –, mas não existe uma única rosa vermelha no meu jardim.

De seu ninho na azinheira, o Rouxinol o ouviu, olhou por entre as folhagens e ficou pensando.

– Nem uma única rosa vermelha em todo o meu jardim! – repetiu o Estudante. – Oh, como a felicidade depende das pequenas coisas! Já li tudo que os sábios escreveram e detenho todos os segredos da Filosofia, mas é por falta de uma rosa vermelha que minha vida foi desgraçada.

– Aí está, por fim, um verdadeiro enamorado – observou o Rouxinol. – Noite após noite, cantei canções sobre ele, embora não o conhecesse; noite após noite, contei sua história às estrelas, e agora ele está diante de mim. Seus cabelos são escuros como a flor do jacinto e seus lábios são vermelhos como a rosa que deseja, mas a paixão deixou seu rosto pálido como o marfim, e o pesar está estampado em sua fronte.

– O Príncipe dará um baile amanhã à noite – murmurou o jovem Estudante – e meu amor estará presente. Se eu lhe levar uma rosa vermelha, ela dançará comigo até o amanhecer. Se eu lhe levar uma rosa vermelha, hei de tê-la em meus braços, ela repousará a cabeça em meu ombro, e eu apertarei sua mão na minha. Porém, não há rosas vermelhas em meu jardim, então permanecerei sozinho, e ela não me notará. Não prestará qualquer atenção em mim, e meu coração se partirá.

– Aí está, de fato, o verdadeiro enamorado – afirmou o Rouxinol. – Aquilo que me faz cantar, a ele causa sofrimento, então o que é alegria para mim, para ele é dor. Certamente, o Amor é algo maravilhoso, é mais precioso que esmeraldas e mais refinado que opalas. Pérolas e granadas não podem comprá-lo, e ele não está à disposição nos mercados. Não pode ser adquirido com os comerciantes, nem pesado em balanças para ser trocado por ouro.

– Os músicos estarão em seu balcão – continuou o jovem Estudante – e tocarão seus instrumentos de corda, e meu amor dançará ao som da harpa e do violino. Ela dançará com tanta leveza que seus pés não tocarão o chão, e os cortesãos, em seus trajes festivos, a rodearão., mas comigo ela não dançará, pois não tenho uma rosa vermelha para lhe dar.

E ele se jogou na grama, enterrou o rosto nas mãos e se pôs a chorar.

– Por que ele está chorando? – quis saber uma pequena Lagartixa verde, enquanto passava pelo jovem com seu rabo eriçado.

– Por quê, afinal? – indagou a Borboleta, que esvoaçava como um raio de sol.

– Sim, por quê? – sussurrou uma Margarida para seu vizinho em um tom baixo e delicado.

– Ele está chorando por uma rosa vermelha – explicou o Rouxinol.

– Por uma rosa vermelha? – exclamaram todos. – Ora, que ridículo!

E a pequena Lagartixa, que era um tanto cínica, caiu na gargalhada. Mas o Rouxinol compreendia o segredo da tristeza do Estudante, permaneceu sentado em silêncio na árvore, pensando no mistério do Amor.

Subitamente, o pássaro abriu as asas marrons para alçar voo e arremeteu pelos ares, depois atravessou o bosque como uma sombra, e como uma sombra, cruzou o jardim. No centro do gramado, havia uma linda Roseira, e quando o Rouxinol a avistou, voou até ela e pousou em um ramo.

– Dê-me uma rosa vermelha – pediu ele – e eu lhe cantarei minha mais bela canção.

A Roseira meneou a cabeça.

– Minhas rosas são brancas – respondeu ela –, tão brancas como a espuma das ondas do mar e mais brancas que a neve das montanhas. Mas procure minha irmã, que cresce próximo ao antigo relógio solar, e talvez ela lhe dê o que você quer.

Então, o Rouxinol voou até a roseira que crescia perto do antigo relógio solar.

– Dê-me uma rosa vermelha – pediu ele – e eu lhe cantarei minha mais bela canção.

A Roseira meneou a cabeça.

– Minhas rosas são amarelas – respondeu ela –, tão amarelas como os cabelos da sereia que ocupa o trono de âmbar e mais amarelas que os narcisos que florescem no prado antes de o ceifador aparecer com sua foice. Mas procure minha irmã que cresce debaixo da janela do Estudante, e talvez ela lhe dê o que você quer.

Então, o Rouxinol voou até a roseira que crescia debaixo da janela do Estudante.

– Dê-me uma rosa vermelha – pediu ele – e eu lhe cantarei minha mais bela canção.

A Roseira meneou a cabeça.

– Minhas rosas são vermelhas – respondeu ela –, tão vermelhas como os pés do pombo e mais vermelhas que os grandes recifes de coral que oscilam sem parar na caverna do oceano. Mas o inverno congelou minhas veias, a geada queimou meus botões, a tempestade quebrou meus galhos, e não poderei dar rosa alguma este ano.

– Uma única rosa vermelha, é tudo o que quero – insistiu o Rouxinol. – Uma única rosa vermelha! Não há forma de consegui-la?

– Há uma forma – respondeu a Roseira –, mas é tão terrível que não ouso contar.

– Conte-me – pediu o Rouxinol. – Não tenho medo.

– Se você quer uma rosa vermelha – disse a Roseira –, precisa dar vida a ela a partir da música sob o luar e colori-la com o sangue de seu próprio coração. Você deve cantar para mim com seu peito encostado em um espinho. Deve cantar durante toda a noite, e o espinho deve perfurar seu coração e todo o seu sangue deve inundar minhas veias e transformar-se no meu sangue.

– A morte é um preço alto a se pagar por uma rosa vermelha – ponderou o Rouxinol –, e a vida é muito valiosa para todos. É agradável observar, do bosque verdejante, o sol em sua carruagem dourada e a lua em sua carruagem de pérolas. Doce é o aroma do pilriteiro, encantadoras são as campânulas que se escondem no vale e as urzes que tremulam na colina. No entanto, o Amor é melhor que a Vida, e o que é o coração de um pássaro em comparação ao coração de um homem?

Então, ele abriu as asas marrons para alçar voo e arremeteu pelos ares. Atravessou o bosque como uma sombra, e como uma sombra, cruzou o jardim.

O jovem Estudante ainda estava deitado na grama, onde o Rouxinol o havia deixado, e as lágrimas de seus belos olhos ainda não tinham secado.

– Alegre-se – gritou o Rouxinol –, alegre-se, você terá sua rosa vermelha. Eu darei vida a ela através da música, sob o luar, e a colorirei com o sangue de meu próprio coração. Tudo que peço em troca é que você seja um verdadeiro enamorado, pois o Amor é mais sábio que a Filosofia, embora ela seja sábia, e mais grandioso que o Poder, embora ele seja grandioso. Suas asas têm a cor do fogo, e a cor do fogo se espalha por seu corpo. Seus lábios são doces como o mel e seu hálito é como olíbano.

O Estudante ergueu os olhos e ouviu, mas não conseguiu entender o que o Rouxinol lhe dizia, pois compreendia apenas as coisas que estavam escritas em livros.

A azinheira entendeu e se entristeceu, pois era muito afeiçoada ao Rouxinol que havia montado o ninho em seus galhos.

– Cante uma última canção para mim – pediu ela. – Ficarei muito só quando você se for.

Então, o Rouxinol cantou para a azinheira, e sua voz era como a água jorrando de um jarro de prata. Quando terminou sua canção, o Estudante levantou-se e tirou um caderno e um lápis do bolso.

– Tem classe – disse para si mesmo, enquanto atravessava o gramado –, isso não se pode negar. Mas será que tem sentimento? Receio que não. Na verdade, é como a maioria dos artistas, resume-se ao estilo, sem qualquer sinceridade. Não se sacrificaria pelos outros, pensa unicamente em música, e todos sabem que os artistas são egoístas. De todo modo, deve-se admitir que tem belas notas em sua voz. É uma pena que não signifiquem nada, ou que não possam fazer nada de prático.

E então entrou em seu quarto, deitou-se em sua pequena cama e começou a pensar em seu amor. Após um tempo, adormeceu.

Quando a Lua brilhou nos céus, o Rouxinol voou até a Roseira e posicionou o peito contra o espinho. Durante toda a noite, ele cantou com o peito pressionado contra o espinho, e a gélida Lua de cristal abaixou-se para ouvir. Durante toda a noite, ele cantou, e o espinho penetrou cada vez mais fundo em seu peito, e seu sangue se esvaiu de seu corpo.

Primeiro, ele cantou o nascimento do amor no coração de um garoto e de uma garota. E no ramo mais alto da Roseira, floresceu uma rosa deslumbrante, pétala após pétala, assim como uma canção se seguia à outra. Era clara, no início, como a névoa que paira sobre o leito do rio pela manhã, e prateada como as asas do crepúsculo. Como a sombra de uma rosa em um espelho de prata, como a sombra de uma rosa em um espelho d'água, assim era a rosa que brotava no ramo mais alto da Roseira.

A Roseira ordenou que o Rouxinol pressionasse o peito com mais força contra o espinho.

– Pressione com mais força, pequeno Rouxinol – gritou a Roseira –, ou o dia raiará antes que a rosa esteja pronta.

Então, o Rouxinol pressionou o peito com mais força contra o espinho e cantou cada vez mais alto, pois entoava o nascimento da paixão na alma de um homem e de uma donzela. Um toque róseo delicado surgiu nas pétalas da rosa, como o rubor no semblante do noivo quando ele beija os lábios de sua noiva. Mas o espinho ainda não tinha perfurado seu coração, então o coração da rosa permaneceu branco, pois apenas o sangue do coração de um Rouxinol pode tingir o coração de uma rosa.

E a Roseira ordenou que o Rouxinol pressionasse o peito com mais força contra o espinho.

– Pressione com mais força, pequeno Rouxinol – gritou a Roseira –, ou o dia raiará antes que a rosa esteja pronta.

Então, o Rouxinol pressionou o peito com mais força contra o espinho, que perfurou seu coração, e uma pontada feroz de dor espalhou-se por seu corpinho. Era uma dor terrível, terrível, e a canção ficou cada vez mais enlouquecida, pois ele cantava sobre o Amor que era engrandecido pela Morte, sobre o Amor que não morre no túmulo.

E a maravilhosa rosa tornou-se rubra, como a rosa do céu do Oriente. Rubra era sua saia de pétalas, e rubro como um rubi era seu coração. Porém, a voz do Rouxinol ficou ainda mais debilitada, suas pequenas asas começaram a bater, e um filme passou diante de seus olhos. Cada vez mais fraca ficou a canção, e ele sentiu algo sufocar sua garganta.

Então, explodiu dele uma derradeira erupção de música. A Lua branca o ouviu e esqueceu-se do amanhecer, permanecendo no céu. A rosa vermelha também ouviu, e estremeceu toda de êxtase, abrindo as pétalas em meio ao ar gelado da manhã. O eco arrastou-a para a caverna arroxeada nas colinas e despertou os pastores adormecidos de seus sonhos. Flutuou até os juncos dos rios, que levaram a mensagem até o mar.

– Veja! Veja! – gritou a Roseira. – A rosa está pronta!

Mas o Rouxinol não respondeu, pois agora jazia morto na grama alta, com o espinho em seu coração. Ao meio-dia, o Estudante abriu a janela e olhou para fora.

– Ora, ora, que sorte a minha! – exclamou ele. – Aqui está uma rosa vermelha! Nunca vi uma rosa como esta em toda minha vida. É tão linda que tenho certeza de que tem um longo nome em latim.

E debruçou-se sobre janela para arrancá-la.

Então, ele colocou o chapéu e correu até a casa do Professor com a rosa na mão. A filha do Professor estava sentada à porta, enrolando um fio de seda azul em um carretel, com seu cachorrinho deitado a seus pés.

– Você disse que dançaria comigo se eu lhe trouxesse uma rosa vermelha – lembrou o Estudante. – Aqui está a rosa mais vermelha de todo o mundo. Você a usará esta noite perto de seu coração, e enquanto estivermos dançando juntos, ela lhe contará o quanto eu a amo.

Mas a garota franziu o cenho.

– Receio que não combine com meu vestido – respondeu ela. – Além disso, o sobrinho do tesoureiro me mandou algumas joias de verdade, e todos sabem que joias custam muito mais que flores.

– Ora essa, você é mesmo muito ingrata! – ralhou o Estudante, jogando a rosa na rua. A flor caiu na sarjeta e uma carroça passou por cima.

– Ingrata!? – repetiu a garota. – Vou lhe dizer uma coisa, você é muito rude e, afinal de contas, quem é você? Apenas um estudante. Ora, imagino que nem sequer tenha fivelas de prata em seus sapatos, como o sobrinho do tesoureiro.

E ela se levantou da cadeira e entrou na casa.

– Que coisa tola é o Amor – disse o Estudante enquanto voltava para casa. – Não é nada útil, como a Lógica, pois não prova nada, vive nos dizendo coisas que não acontecerão e nos fazendo acreditar em coisas que não são verdadeiras. Na verdade, não é nem um pouco prático, e como nesses nossos tempos ser prático é essencial, voltarei à Filosofia e a estudar Metafísica.

Então, ele retornou para seu quarto, pegou um livro grosso e empoeirado e começou a ler.

O GIGANTE EGOÍSTA

Todas as tardes, ao voltarem da escola, as crianças costumavam ir brincar no jardim do Gigante.

Era um belo e amplo jardim, com um gramado macio. Aqui e ali, sobre a relva, flores desabrochavam como estrelas, e havia doze pessegueiros que, durante a Primavera, eclodiam em delicados botões róseos e perolados e, no Outono, davam frutos suculentos. Os pássaros empoleiravam-se nas árvores e cantavam tão lindamente que as crianças costumavam interromper suas brincadeiras para ouvi-los.

– Como somos felizes aqui! – exclamavam umas às outras.

Um dia, o Gigante retornou, pois ele tinha ido visitar seu amigo, o ogro da Cornualha, e passara sete anos com ele. Depois de sete anos, ele havia dito tudo o que tinha para dizer, pois sua conversa era limitada, e decidiu retornar para seu próprio castelo, quando chegou, viu as crianças brincando no jardim.

– O que vocês estão fazendo aqui? – esbravejou ele em um tom muito áspero, e as crianças fugiram correndo.

– Meu jardim é o meu jardim – declarou o Gigante. – Todo mundo sabe disso, e não permitirei que mais ninguém brinque nele além de mim mesmo.

Então, ele construiu uma muralha alta ao redor do terreno e colocou uma placa de aviso:

Ele era um gigante muito egoísta e as pobres crianças agora não tinham onde brincar. Elas tentaram brincar na estrada, mas era muito poeirenta e cheia de pedregulhos, e elas não gostaram. Costumavam rodear a enorme muralha quando suas aulas acabavam e conversar sobre o belo jardim que se escondia ali dentro.

– Como éramos felizes ali – lamentavam.

Então, a Primavera chegou e todo o país ficou coberto de pequenos botões de flores e passarinhos, mas apenas no jardim do Gigante ainda era Inverno. Os pássaros não se davam ao trabalho de cantar lá, visto que não havia crianças, e as árvores se esqueceram de florescer. Certa vez, uma linda flor irrompeu da grama, mas quando viu o aviso, lamentou tanto pelas crianças que se recolheu novamente no solo e voltou a dormir. As únicas contentes ali eram a Neve e a Geada.

– A Primavera se esqueceu deste jardim – comemoraram elas –, então viveremos aqui o ano todo.

A Neve cobriu toda a grama com seu grande manto branco, e a Geada pintou todas as árvores de prateado. Então, elas convidaram o Vento Norte para se juntar a elas, e ele veio. Vivia envolto em peles e rugia o dia todo pelo jardim, derrubando chaminés com seu sopro.

– Que lugar maravilhoso – disse ele. – Devemos convidar o Granizo para uma visita.

Então, veio o Granizo. Todos os dias, durante três horas, ele rufava no telhado do castelo, até quebrar quase todas as telhas, e então corria sem parar pelo jardim, o mais rápido que conseguia, vestia-se de cinza e seu hálito era como o Gelo.

– Não consigo entender por que a Primavera está demorando tanto para chegar – comentou o Gigante Egoísta, enquanto se sentava à janela e observava seu jardim frio e branco. – Espero que o tempo mude.

Mas a Primavera nunca chegou nem o Verão. O Outono produziu frutos em todos os jardins, exceto no do Gigante.

– Ele é egoísta demais – afirmou o Outono.

Então, era sempre Inverno ali, e o Vento Norte, o Granizo, a Geada e a Neve dançavam por entre as árvores.

Certa manhã, o Gigante estava deitado em sua cama quando ouviu uma música adorável. Soou tão encantadora a seus ouvidos que ele pensou que os músicos do rei deviam estar passando por ali. Era, na verdade, apenas um pequeno pintarroxo cantando do lado de fora de sua janela, mas como já fazia muito tempo que ele não ouvia um pássaro cantarolar em seu jardim, que aquela lhe pareceu a canção mais linda do mundo. Então, o Granizo parou de bailar sobre sua cabeça e o Vento Norte deixou de rugir, e um perfume delicioso penetrou pela janela aberta.

– Acredito que a Primavera tenha finalmente chegado – exclamou o Gigante, saltando da cama e olhando para fora.

O que ele viu?

Viu uma cena maravilhosa. Por um pequeno buraco na muralha, as crianças tinham entrado no jardim, e estavam sentadas nos galhos das árvores. Em cada árvore, ele podia ver uma criancinha. E as árvores estavam tão contentes em ter as crianças de volta que haviam se enchido de flores e estavam balançando os braços delicadamente sobre as cabeças dos pequenos. Os pássaros voavam e gorjeavam entusiasmados, e as flores espiavam pela grama verdejante e riam. Era uma cena linda e apenas em um canto do jardim ainda era Inverno. Era no canto mais afastado, onde um garotinho estava parado, ele era tão pequeno que não conseguia alcançar os galhos da árvore e ficava caminhando em torno dela, chorando amarguradamente. A pobre árvore ainda estava bastante coberta de gelo e neve e o Vento Norte soprava e rugia acima dela.

– Suba, garotinho! – chamou a Árvore, abaixando os galhos o máximo que conseguia, mas o menino era muito pequeno.

O coração do Gigante derreteu-se todo com aquela visão.

– Como fui egoísta! – concluiu ele. – Agora sei por que a Primavera recusava-se a vir aqui. Colocarei aquele pobre garotinho no topo da árvore, e então derrubarei a muralha e meu jardim será um lugar onde as crianças poderão brincar para todo o sempre.

Ele estava realmente arrependido do que tinha feito.

Então, desceu as escadas, abriu a porta do castelo silenciosamente e saiu no jardim. Porém, quando as crianças o viram, ficaram tão apavoradas que fugiram correndo, e o Inverno voltou a reinar no jardim. Apenas o garotinho não fugiu, pois seus olhos estavam cheios de lágrimas e ele não viu o Gigante se aproximando. Assim, o Gigante foi até ele, pegou-o delicadamente com a mão e o colocou em cima da árvore. A árvore floresceu imediatamente, os pássaros vieram cantar sobre ela, e o garotinho ergueu os dois braços, envolveu o pescoço do Gigante e o beijou. E as outras crianças, quando viram que o Gigante não era mais perverso, voltaram correndo ao jardim, e com elas, a Primavera.

– O jardim agora é de vocês, crianças – disse o Gigante, pegando um enorme machado e derrubando a muralha.

E quando as pessoas saíram para ir ao mercado, ao meio-dia, encontraram o Gigante brincando com as crianças no jardim mais lindo que já tinham visto.

Elas brincaram o dia todo e, à noite, despediram-se do Gigante.

– Mas onde está seu amiguinho? – perguntou ele. – O menino que coloquei na árvore.

O Gigante o amava mais que a todos, pois ele tinha lhe dado um beijo.

– Não sabemos – responderam as crianças. – Ele se foi.

– Vocês precisam dizer a ele para retornar amanhã – pediu o Gigante.

No entanto, as crianças disseram que não sabiam onde ele vivia e que nunca o tinham visto antes, e o Gigante ficou muito triste.

Todas as tardes, quando as aulas terminavam, as crianças iam brincar com o Gigante. Porém, o garotinho que o Gigante amava nunca mais apareceu. O Gigante era muito gentil com todas as crianças, mas sentia saudades de seu primeiro amiguinho, e vivia falando dele.

– Como eu gostaria de vê-lo novamente! – costumava dizer.

Anos se passaram, o Gigante envelheceu e ficou muito fraco. Ele não conseguia mais brincar, então se sentava em uma poltrona enorme, observava as crianças em suas brincadeiras e admirava seu jardim.

– Tenho muitas flores lindas – disse ele –, mas as crianças são as flores mais lindas de todas.

Em uma manhã de Inverno, o Gigante olhou pela janela enquanto estava se vestindo. Ele não odiava mais o Inverno, pois sabia que a Primavera estava apenas adormecida e que as flores estavam repousando.

Subitamente, esfregou os olhos, surpreso, e olhou com mais atenção. Era, certamente, uma visão maravilhosa. No canto mais afastado do jardim, havia uma árvore coberta de flores brancas, seus galhos eram todos dourados, e frutos prateados pendiam deles. E debaixo dos ramos, estava o garotinho que ele amava.

O Gigante desceu as escadas correndo, tomado por uma alegria imensa, e saiu no jardim, atravessou o gramado correndo e aproximou-se do menino. E quando chegou perto o bastante, seu rosto enrubesceu de raiva e ele disse:

– Quem ousou machucá-lo?

Já que havia marcas de pregos nas palmas da criança, bem como em seus dois pezinhos.

– Quem ousou machucá-lo? – repetiu o Gigante. – Conte-me para que eu pegue minha espada e acabe com ele.

– Não! – respondeu a criança. – Estas são as feridas do Amor.

– Quem é você? – quis saber o Gigante. Assolado por um imenso temor, ele ajoelhou-se diante da criança.

O garoto sorriu para ele e disse:

– Você me permitiu brincar em seu jardim um dia. Hoje, você virá comigo ao meu jardim, que é o Paraíso.

Naquela tarde, quando as crianças chegaram, encontraram o Gigante morto, deitado sob a árvore, todo coberto de flores brancas.

O AMIGO DEDICADO

Certa manhã, o velho Ratão-do-banhado colocou a cabeça para fora da toca. Ele tinha olhos redondos e brilhantes, os fios de seu bigode eram duros e cinzentos, e seu rabo era como um longo pedaço de elástico preto. Os patinhos, semelhantes a um bando de canários amarelos, estavam nadando na lagoa e sua mãe, que era totalmente branca com patas vermelhas, estava tentando ensiná-los a ficar de ponta-cabeça na água.

– Vocês nunca poderão frequentar a alta sociedade se não souberem ficar de ponta-cabeça – dizia ela repetidamente, volta e meia mostrando como se fazia.

Mesmo assim, os patinhos não prestavam atenção alguma, eram tão jovens que não sabiam qual vantagem poderia haver em frequentar qualquer sociedade.

– Que crianças desobedientes! – comentou o Ratão-do-banhado. – Elas realmente merecem se afogar.

– Nada disso – retrucou a Pata. – Todos precisam começar de algum lugar, e os pais precisam ter toda paciência do mundo.

– Ah! Nada sei dos sentimentos dos pais – confessou o Ratão. – Não sou um homem de família. Para falar a verdade, nunca fui casado e não pretendo ser. O amor é mesmo muito bonito, mas a amizade é muito superior. Realmente, não conheço nada no mundo que seja mais nobre ou mais raro que uma amizade dedicada.

– Então nos conte: quais seriam, a seu ver, as obrigações de um amigo dedicado? – quis saber um Pintarroxo verde, que estava sentado em um salgueiro próximo e ouviu toda a conversa.

– Sim, isso é exatamente o que quero saber – reforçou a Pata, nadando até o final da lagoa e ficando de ponta-cabeça, para dar o bom exemplo a seus filhos.

– Que pergunta tola! – exclamou o Ratão-do-banhado. – Espero que meu amigo dedicado seja dedicado a mim, é claro.

– E o que você faria em troca? – indagou o passarinho, balançando-se em um galho prateado e batendo as pequenas asas.

– Não o compreendo – alegou o Ratão-do-banhado.

– Deixe-me contar uma história sobre isso – disse o Pintarroxo.

– A história é sobre mim? – perguntou o Ratão-do-banhado. – Se sim, eu ouvirei, pois sou um grande apreciador de ficção.

– Ela se aplica a você – respondeu o Pintarroxo, descendo da árvore e pousando na margem do rio para contar a história do Amigo Dedicado.

– Era uma vez – começou o Pintarroxo –, um rapaz honesto, chamado Hans.

– Era um homem muito ilustre? – questionou o Ratão-do-banhado.

– Não – respondeu o Pintarroxo. – Não acho que fosse nem um pouco ilustre, a não ser por seu bom coração e por seu engraçado semblante redondo e bem-humorado. Ele vivia sozinho em uma pequena cabana e trabalhava todos os dias em seu jardim e não havia, em toda a região, um jardim tão belo quanto o dele. Cravinas cresciam lá, bem como cravos, bolsas-de-pastor e milefólios. Havia rosas damascenas, rosas amarelas, flores de açafrão lilases e violetas douradas, roxas e brancas. Columbina e agrião-dos-prados, manjerona e manjericão selvagem, prímulas e flores-de-lis, narcisos e craveiros, tudo brotava ou florescia na ordem certa, à medida que os meses passavam, cada flor assumindo o lugar da anterior, de modo que sempre havia coisas bonitas para ver e aromas agradáveis para sentir.

O pássaro fez uma pausa, e então continuou:

– O pequeno Hans tinha incontáveis amigos, mas seu amigo mais dedicado era o grandalhão Hugh, o Moleiro. Para falar a verdade, o rico Moleiro era tão devotado ao pequeno Hans que ele jamais passava pelo jardim sem debruçar-se sobre o muro e arrancar flores para um grande ramalhete, ou um punhado de ervas-doces, ou encher os bolsos com ameixas e cerejas, se fosse época de frutas. "Amigos de verdade deveriam ter tudo em comum", era o que o Moleiro costumava dizer, e o pequeno Hans concordava com a cabeça e sorria, sentindo muito orgulho de ter um amigo com ideias tão nobres. Às vezes, a bem da verdade, os vizinhos achavam estranho que o rico Moleiro nunca retribuísse o pequeno Hans, embora tivesse centenas de sacas de farinha estocadas em seu moinho, além de seis vacas leiteiras e um enorme rebanho de ovelhas de lã, mas Hans nunca se preocupou com essas coisas, e nada lhe dava mais prazer do que ouvir todas as coisas maravilhosas que o Moleiro costumava dizer sobre o altruísmo da amizade verdadeira.

O Pintarroxo pausou novamente, mas logo prosseguiu:

– Então, o pequeno Hans continuava trabalhando em seu jardim. Durante a primavera, o verão e o outono, ele era muito feliz, mas quando o inverno chegava, ele não tinha flores nem frutas para levar ao mercado, sofria muito com o frio e a fome, e frequentemente ia dormir sem jantar nada além de umas poucas peras secas ou algumas castanhas duras. Além disso, no inverno, ele se sentia extremamente sozinho, visto que o Moleiro nunca ia visitá-lo. "Não há motivo para visitar o pequeno Hans durante o inverno", dizia o Moleiro a sua esposa, "pois quando as pessoas estão com dificuldades, elas devem ser deixadas sozinhas, não devem ser incomodadas com visitas. Ao menos essa é a minha ideia de amizade, e tenho certeza de que estou certo. Então esperarei a primavera chegar, e aí farei uma visita a ele, e ele poderá me dar uma grande cesta de prímulas, e isso o deixará contente". "Você certamente é um amigo muito atencioso", respondeu a esposa, "muito atencioso, de fato. É realmente um deleite ouvi-lo falar sobre a amizade. Tenho certeza de que nem o próprio clérigo diria coisas tão bonitas quanto você, embora ele viva em uma casa de três pavimentos e use um anel de ouro no dedinho." "Mas por que não chamamos o pequeno Hans para vir aqui?", perguntou o filho mais novo do Moleiro. "Se o pequeno Hans está passando por dificuldades, eu darei a ele metade do meu mingau, e lhe mostrarei meus coelhos brancos." "Que garoto mais tolo!", esbravejou o Moleiro. "Não sei de que adianta mandá-lo para a escola. Parece que você não aprende nada. Ora, se o pequeno Hans vier aqui e vir nosso fogo quente, nossa janta farta e nosso grande barril de vinho tinto, pode ser que ele fique com inveja, e a inveja é uma desgraça tremenda, e pode arruinar a natureza de qualquer pessoa. Eu certamente não permitirei que a natureza de Hans seja arruinada. Sou seu melhor amigo e sempre zelarei por ele e garantirei que ele não caia em qualquer tentação. Além disso, se Hans viesse aqui, talvez ele me pedisse para emprestar um pouco de farinha, e isso eu não posso fazer. Farinha é uma coisa e amizade é outra, e ambas não devem ser confundidas. Ora, as palavras são escritas de maneira diferente e têm significados muito diferentes. Todos podem ver." "Como você fala bem!", exclamou a esposa do Moleiro, servindo-se de uma grande taça de cerveja quente. "Realmente, sinto-me bastante sonolenta. É como estar na igreja." "Muitas pessoas agem bem", respondeu o Moleiro, "mas pouquíssimas falam bem, o que mostra que falar é muito mais difícil, além de ser uma ação muito mais refinada". E ele encarou com olhos severos o filho pequeno, que se sentia tão envergonhado que havia abaixado a cabeça, enrubescido um bocado e começado a chorar em cima da xícara de chá. No entanto, ele era tão jovem que você deve perdoá-lo.

– Esse é o fim da história? – indagou o Ratão-do-banhado.

– É claro que não – respondeu o Pintarroxo. – É o início.

– Então você está muito antiquado – declarou o Ratão-do-banhado. – Todo bom contador de histórias começa com o fim, então passa para o início e conclui com o meio, esse é o novo método. Ouvi tudo sobre isso dia desses, de um crítico que estava caminhando ao redor da lagoa com um jovem. Ele falou demoradamente sobre o assunto, e tenho certeza de que deveria estar certo, pois usava óculos azuis e tinha a cabeça calva, e toda vez que o jovem fazia qualquer observação, ele sempre respondia: "Bobagem!". Mas, por favor, continue sua história, gostei muito do Moleiro. Eu também nutro muitos sentimentos belos, então há uma grande empatia entre nós.

– Bem – disse o Pintarroxo, saltando sobre uma pata e depois sobre a outra –, assim que o inverno acabou e as prímulas começaram a abrir suas pálidas pétalas amarelas, o Moleiro disse à esposa que visitaria o pequeno Hans. "Mas que bom coração você tem!", exclamou a Esposa. "Está sempre pensando nos outros. E não se esqueça de levar a cesta grande para as flores." Então, o Moleiro prendeu as pás do moinho com uma corrente de ferro grossa e desceu a colina com a cesta no braço. "Bom dia, pequeno Hans", cumprimentou o Moleiro. "Bom dia", respondeu Hans, apoiando-se em sua pá e abrindo um largo sorriso. "Como passou o inverno?", perguntou o Moleiro. "Bem, realmente", disse Hans, "é amável de sua parte perguntar, muito amável mesmo. Receio ter passado por dificuldades, mas agora a primavera chegou e estou muito feliz, e todas as minhas flores estão bem." "Falamos muito de você durante o inverno, Hans", contou o Moleiro, "e ficamos imaginando como você estaria." "É muita gentileza sua", disse Hans. "Cheguei a achar que tivesse me esquecido." "Hans, estou chocado com você!", exclamou o Moleiro. "Nunca se esquece a amizade. Isso que é maravilhoso, mas receio que você não compreenda a poesia da vida. Aliás, que lindas estão as suas prímulas!" "Estão realmente muito bonitas", concordou Hans, "e tenho a sorte de terem florescido tantas assim. Eu as levarei ao mercado e venderei para a filha do burgomestre. Assim poderei comprar meu carrinho de mão de volta." "Comprar seu carrinho de mão de volta?", repetiu o Moleiro. "Então você o vendeu? Que atitude mais estúpida!" "Bem, o fato é", explicou Hans, "que fui obrigado a vendê-lo. Veja, o inverno foi muito difícil para mim e eu não tinha dinheiro algum para comprar pão. Então, primeiro vendi os botões de prata de meu casaco de domingo, depois vendi minha corrente de prata, então vendi meu cachimbo e, por fim, vendi meu carrinho de mão. Mas comprarei tudo de volta agora." "Hans", disse o Moleiro, "eu lhe darei meu carrinho de mão. Não está em muito bom estado; na verdade, uma lateral está aberta e há algo errado com os raios das rodas, mas, apesar disso, eu o darei a você. Sei que é muito generoso da minha parte e muitas pessoas me considerariam extremamente tolo por me desfazer dele, mas não sou como o restante do mundo. Acredito que a generosidade é a essência da amizade e, além disso, tenho um carrinho de mão novo. Sim, pode ficar tranquilo, eu lhe darei meu carrinho de mão."

O Pintarroxo fez uma breve pausa e continuou:

– Então, o pequeno Hans respondeu: "Ora, realmente, é muito generoso da sua parte", e seu rosto redondo e engraçado se iluminou de satisfação. "Posso facilmente consertá-lo, já que tenho uma tábua de madeira em casa." "Uma tábua de madeira!", exclamou o Moleiro. "Pois é exatamente isso que quero para o telhado do meu celeiro. Há um buraco enorme nele, e o milho ficará encharcado se eu não tapar. Que sorte você ter falado disso! É impressionante como uma boa ação sempre gera outra. Eu lhe dei meu carrinho de mão e agora você me dará sua tábua. É claro que o carrinho de mão vale muito mais que a tábua, mas a amizade verdadeira nunca repara em coisas como essa. Vá pegar imediatamente, e eu consertarei meu telhado hoje mesmo." "É claro", assentiu Hans, e correu para o galpão, em seguida, trouxe a tábua para o amigo. "Não é uma tábua muito grande", lamentou o Moleiro, olhando para ela, "e receio que, depois que eu consertar o telhado do meu celeiro, não sobrará nada para você remendar o carrinho de mão, mas isso não é, naturalmente, culpa minha. E agora, já que lhe dei meu carrinho de mão, tenho certeza de que você me dará algumas flores em troca. Aqui está a cesta, pode enchê-la totalmente." "Totalmente?", repetiu o pequeno Hans, sentindo certo pesar, pois a cesta era imensa e ele sabia que, se a enchesse, não sobrariam flores para vender no mercado e ele estava bastante ansioso para comprar seus botões de prata de volta. "Ora, francamente", respondeu o Moleiro, "como lhe dei meu carrinho de mão, não acho que seja demais pedir algumas flores. Posso estar equivocado, mas penso que a amizade, a amizade verdadeira, é livre de qualquer tipo de egoísmo". "Meu querido amigo, meu melhor amigo", disse o pequeno Hans, "você pode pegar todas as flores que quiser do meu jardim. Eu trocaria meus botões de prata por sua estima sem pestanejar". Então ele arrancou todas as suas belas prímulas e encheu a cesta do Moleiro. "Até logo, pequeno Hans", despediu-se o Moleiro enquanto subia a colina com a tábua sobre o ombro e a enorme cesta na mão. "Até logo", retribuiu o pequeno Hans, voltando a cavar a terra alegremente, de tão contente que estava por ter ganhado um carrinho de mão.

Após mais uma pausa, o pássaro prosseguiu:

– Na manhã seguinte, ele estava pendurando madressilvas em seu alpendre quando ouviu a voz do Moleiro chamando-o da estrada. Então, ele saltou a escada, atravessou o jardim e olhou por cima do muro. Lá estava o Moleiro, com um enorme saco de farinha nas costas. "Meu caro Hans", disse ele, "você se importaria em levar este saco de farinha para mim até o mercado?" O pequeno Hans respondeu: "Oh, eu sinto muito, mas estou muito, muito ocupado hoje. Tenho que pregar todas as trepadeiras, regar todas as flores e cortar toda a grama". "Ora, francamente", respondeu o Moleiro, "acredito que, considerando que lhe dei meu carrinho de mão, é um tanto hostil da sua parte se recusar." "Oh, não diga isso", exclamou o pequeno Hans. "Eu não seria hostil sob hipótese alguma." E foi correndo pegar o chapéu e lá se foi rumo ao mercado com o grande saco nos ombros. Era um dia muito quente e a estrada estava terrivelmente poeirenta, e Hans estava tão exausto que precisou se sentar para descansar antes de chegar à marca dos dez quilômetros. Contudo, ele prosseguiu bravamente até, por fim, chegar ao mercado. Depois de esperar por um tempo, vendeu o saco de farinha por um ótimo preço, e então voltou para casa imediatamente, pois temia que, caso demorasse, poderia encontrar ladrões pelo caminho. "Certamente foi um dia duro", disse a si mesmo quando estava indo se deitar, "mas fico feliz por não ter refutado o pedido do Moleiro, pois ele é meu melhor amigo e, além disso, vai me dar seu carrinho de mão." Cedo na manhã seguinte, o Moleiro apareceu para coletar o dinheiro da venda da farinha, mas o pequeno Hans estava tão cansado que ainda dormia. "Palavra de honra", ralhou o Moleiro, "você é muito preguiçoso. Francamente, considerando que lhe darei meu carrinho de mão, pensei que você trabalharia com mais fervor. O ócio é um grande pecado, e certamente não gosto que nenhum dos meus amigos seja ocioso ou indolente. Não se zangue por eu falar de maneira tão direta. É claro que eu jamais sonharia em fazê-lo se não fosse seu amigo, mas de que vale uma boa amizade se não se pode dizer exatamente o que se pretende? Qualquer um pode dizer coisas encantadoras, tentar agradar e bajular, mas um amigo de verdade sempre diz coisas desagradáveis e não se importa em machucar. Na realidade, se é um amigo de verdade, ele prefere agir assim, pois sabe que está fazendo o bem." "Eu sinto muito", respondeu o pequeno Hans, esfregando os olhos e tirando a touca de dormir, "mas eu estava tão cansado que decidi ficar mais um pouquinho na cama, ouvindo os passarinhos cantarem. Sabe que eu sempre trabalho melhor depois de ouvir os passarinhos cantarem?" "Bem, fico contente com isso", afirmou o Moleiro, dando um tapinha nas costas de Hans, "pois quero que você suba comigo até o moinho assim que se vestir e conserte o telhado do celeiro para mim." O pobre Hans estava muito ansioso para trabalhar em seu jardim, pois suas flores não eram regadas há dois dias, mas ele não gostava de refutar o Moleiro, visto que ele era um ótimo amigo. "Você me julgaria hostil se eu dissesse que estou ocupado?", perguntou ele em uma voz tímida e hesitante. "Ora, francamente", respondeu o Moleiro, "não acho que seja muito a se pedir, considerando que lhe darei meu carrinho de mão, mas é claro que se você se negar, eu mesmo consertarei." "Oh, não, de forma alguma!", respondeu o pequeno Hans, e saltou da cama, vestiu-se e subiu até o celeiro.

O Pintarroxo parou para tomar fôlego, e então tornou a falar:

– Ele trabalhou lá o dia todo, até anoitecer, e quando começou a escurecer, o Moleiro apareceu para ver como andavam as coisas. "Você já consertou o buraco no telhado, pequeno Hans?", indagou ele em um tom alegre. "Está consertado", respondeu o pequeno Hans, descendo a escada. "Ah!", exclamou o Moleiro. "Não há trabalho mais satisfatório do que aquele que fazemos para os outros." "Certamente é um grande privilégio ouvi-lo falar", comentou o pequeno Hans, sentando-se e secando o suor da testa. "Um privilégio enorme. Mas receio que jamais terei ideias tão bonitas quanto as suas." "Oh, um dia elas lhe ocorrerão", garantiu o Moleiro, "mas você precisa se esforçar mais. No momento, você tem apenas a prática da amizade; um dia, há de ter também a teoria." "Você acha mesmo?", perguntou o pequeno Hans. "Não tenho dúvidas", afirmou o Moleiro. "Mas agora que você consertou o telhado, é melhor ir para casa descansar, pois quero que você pastoreie minhas ovelhas até a montanha amanhã." O pobre Hans ficou com medo de recusar e, cedo na manhã seguinte, o Moleiro levou suas ovelhas até a cabana e Hans partiu com elas para a montanha. Ele levou o dia todo para chegar até lá e retornar e, quando retornou, estava tão cansado que acabou adormecendo na cadeira, e só despertou quando o dia estava claro. "Que dia delicioso terei em meu jardim", exclamou ele, indo trabalhar imediatamente. Mas, de alguma forma, ele nunca mais conseguiu cuidar das flores, pois seu amigo, o Moleiro, sempre aparecia para lhe pedir que tratasse de afazeres demorados, ou para que o ajudasse no moinho. O pequeno Hans, muitas vezes, ficou imensamente angustiado, pois temia que suas flores pensassem que ele as tinha esquecido, mas se consolava com o pensamento de que o Moleiro era seu melhor amigo. "Além disso", costumava dizer, "ele vai me dar seu carrinho de mão, e esse é um ato de pura generosidade." Então, o pequeno Hans continuou trabalhando para o Moleiro, que vivia dizendo coisas lindas a respeito da amizade, que Hans anotava em um caderno e relia à noite, pois era um ótimo aluno. Aconteceu que, certa noite, o pequeno Hans estava sentado diante da lareira quando alguém bateu com força na porta. Era uma noite tempestuosa, e o vendo soprava e rugia tão terrivelmente em torno da casa que, em um primeiro momento, ele pensou que fosse apenas o temporal. Mas uma segunda batida ressoou, e então uma terceira, mais alta que as anteriores. "Deve ser um pobre viajante", concluiu Hans, e correu para abrir a porta. Lá estava o Moleiro, com uma lanterna em uma mão e um grande bastão na outra. "Meu caro Hans", disse o Moleiro, "estou em apuros, meu filhinho caiu da escada e se machucou e eu estava indo procurar o Médico, mas ele mora tão longe e o tempo está tão horrível que me ocorreu que seria muito melhor se você fosse no meu lugar. Você sabe que vou lhe dar meu carrinho de mão, então nada mais justo que você faça algo por mim também." "Certamente", exclamou o pequeno Hans. "Sinto-me extremamente lisonjeado por você ter me procurado, e partirei imediatamente, mas você precisa me emprestar sua lanterna, pois a noite está muito escura, e tenho medo de cair no fosso." "Eu lamento muito", respondeu o Moleiro, "mas esta lanterna é nova e se algo acontecesse com ela, seria uma perda imensa." "Bem, não há problema, irei sem ela", declarou o pequeno Hans. Ele pegou seu grande casaco de pele e sua touca vermelha e quente, enrolou um cachecol no pescoço e partiu.

Após uma breve pausa, o pássaro continuou:

– Era uma tempestade terrível! A noite estava tão escura que o pequeno Hans mal conseguia enxergar, e o vento estava tão forte que ele mal conseguia se manter em pé. Entretanto, ele era muito corajoso e, depois de ter caminhado por cerca de três horas, chegou à casa do Médico e bateu na porta. "Quem é?", quis saber o Médico, colocando a cabeça para fora da janela do quarto. "É o pequeno Hans, Doutor", respondeu ele. "O que você quer, pequeno Hans?", perguntou o Médico. "O filho do Moleiro caiu de uma escada, se machucou, e o Moleiro quer que você venha imediatamente", explicou o pequeno Hans. "Está bem!", disse o Médico, que mandou trazer seu cavalo, suas botas, sua lanterna e desceu as escadas, e partiu na direção da casa do Moleiro, com o pequeno Hans marchando atrás. Mas o temporal apenas piorou, e a chuva caía aos baldes, e o pequeno Hans não conseguia ver para onde estava indo nem acompanhar o ritmo do cavalo. Por fim, ele acabou se perdendo e entrou no pântano, que é um lugar perigoso, visto que é cheio de buracos profundos, e lá o pequeno Hans se afogou. Seu corpo foi encontrado no dia seguinte por pastores de cabras, boiando em uma grande poça d'água, e levado de volta à cabana. Todos compareceram ao funeral do pequeno Hans, visto que ele era muito popular, e o Moleiro assumiu a dianteira do cortejo. "Como eu era seu melhor amigo", disse o Moleiro, "nada mais justo que eu fique com o melhor lugar". Então, vestido com uma longa capa preta, ele liderou a procissão, e de vez em quando secava os olhos com um grande lenço de bolso. "Essa é, certamente, uma grande perda para todos", lamentou o Ferreiro quando o funeral terminou e todos estavam confortavelmente sentados na pousada, tomando vinho com especiarias e comendo bolinhos. "Uma grande perda para mim, de toda forma", respondeu o Moleiro. "Veja, eu fui generoso a ponto de dar a ele meu carrinho de mão e agora não sei muito bem o que fazer com aquele lixo. Está atrapalhando o caminho em casa e está em tão mau estado que eu não ganharia nada se tentasse vendê-lo. Certamente, tomarei o cuidado de nunca mais doar qualquer coisa. Quem é generoso sempre sofre."

– E então? – perguntou o Ratão-do-banhado após uma longa pausa.

– Bem, esse é o fim – respondeu o Pintarroxo.

– Mas o que aconteceu com o Moleiro? – quis saber o Ratão-do-banhado.

– Ah! Eu realmente não sei – disse o Pintarroxo – e também não sei se me importo.

– É muito evidente que você não tem uma natureza empática – declarou o Ratão-do-banhado.

– Receio que você não tenha compreendido direito a moral da história – observou o Pintarroxo.

– A quê? – gritou o Ratão-do-banhado.

– A moral.

– Está querendo dizer que a história tem uma moral?

– Certamente – respondeu o Pintarroxo.

– Ora, francamente – disse o Ratão-do-banhado, muito zangado –, acho que você deveria ter me dito isso antes de começar. Se tivesse dito, eu certamente não teria lhe dado ouvidos, para falar a verdade, eu teria dito "bobagem!", como o crítico. No entanto, posso dizer agora.

Então ele berrou "bobagem" o mais alto que podia, retorceu o rabo e voltou para sua toca.

– E o que você achou do Ratão-do-banhado? – quis saber a Pata, que se aproximou nadando após alguns minutos. – Ele tem várias boas qualidades, mas, de minha parte, tenho os sentimentos de uma mãe e nunca consigo olhar para um solteirão convicto sem que me encham os olhos de lágrimas.

– Receio tê-lo irritado – respondeu o Pintarroxo. – O fato é que contei a ele uma história com uma moral.

– Ah! Isso é sempre algo muito perigoso a se fazer – ponderou a Pata. E eu concordo com ela.

O ROJÃO EXTRAORDINÁRIO

O filho do rei ia se casar, então o júbilo era geral. Ele havia esperado um ano inteiro por sua noiva e, por fim, ela chegara. Era uma princesa russa, que viera lá da Finlândia em um trenó puxado por seis renas. O trenó tinha o formato de um grande cisne dourado, e entre as asas do cisne ficava a própria princesinha, seu longo manto de pele de arminho chegava até os pés; na cabeça, ela usava uma pequena boina de tecido prateado; e ela era branca como o Palácio de Neve no qual sempre vivera. Era tão pálida que, quando passava pelas ruas, as pessoas comentavam:

– Ela é como uma rosa branca!

E arremessavam flores para ela de suas sacadas.

O príncipe a estava aguardando no portão do castelo, ele tinha olhos sonhadores cor de violeta e os fios de seus cabelos pareciam ser de ouro. Quando ele a viu, ajoelhou-se e beijou sua mão.

– Seu retrato era lindo – murmurou ele –, mas você é ainda mais linda pessoalmente.

E a princesinha corou.

– Há pouco, era como uma rosa branca – comentou um jovem pajem com seu vizinho –, mas agora é como uma rosa vermelha.

E toda a Corte estava encantada.

Nos três dias seguintes, todos repetiam sem parar:

– Rosa branca, rosa vermelha! Rosa vermelha, rosa branca!

E o rei mandou dobrar a remuneração do pajem. Como não recebia pagamento algum, isso não lhe serviu de muita coisa, mas todos consideraram uma grande honra, que foi publicada duas vezes do Diário da Corte.

Passados os três dias, o casamento foi celebrado. Foi uma cerimônia magnífica, e os noivos caminharam de mãos dadas sob um dossel de veludo roxo bordado com pequenas pérolas. Depois, aconteceu o Banquete Oficial, que durou cinco horas. O príncipe e a princesa se sentaram na extremidade do Grande Salão e beberam de uma taça de cristal límpido. Apenas amantes verdadeiros podiam beber dessa taça, pois se lábios falsos a tocassem, o cristal ficava cinzento, opaco e nebuloso.

– Está muito claro que eles se amam – observou o pequeno pajem. – Claro como cristal!

E o rei dobrou sua remuneração uma segunda vez.

– Mas que honra! – comentaram os cortesãos.

Depois do banquete, começaria o baile. Os noivos deveriam dançar a Dança da Rosa, e o rei prometera tocar a flauta. Ele tocava muito mal, mas ninguém ousava dizer isso a ele, posto que era o rei. A bem da verdade, ele só conhecia duas notas e nunca sabia ao certo qual estava tocando, mas não fazia diferença, pois, independentemente do que ele tocasse, todos gritavam:

– Encantador! Encantador!

O último evento do programa era uma grande queima de fogos de artifício, a ser iniciada exatamente à meia-noite. A princesinha nunca tinha visto fogos de artifício antes, então o rei ordenara que o pirotécnico real estivesse presente no dia do casamento.

– Como são fogos de artifício? – perguntara ela ao príncipe, certa manhã, quando estava caminhando no terraço.

– São como as auroras boreais – respondera o rei, que sempre respondia perguntas direcionadas a outras pessoas –, mas muito mais naturais. Eu, particularmente, os prefiro às estrelas, pois sabemos quando vão aparecer, e são tão fascinantes como a música que toco na flauta. Você realmente precisa vê-los.

Então, no final do jardim do rei, uma grande plataforma fora montada e, assim que o pirotécnico real havia colocado tudo em seu devido lugar, os fogos de artifício começaram a conversar uns com os outros.

– O mundo é, certamente, muito bonito – comentou um pequeno Busca-Pé. – Veja aquelas tulipas amarelas. Nem se fossem petardos de verdade poderiam ser mais bonitas! Estou muito contente por ter viajado. As viagens expandem a mente maravilhosamente e somem com todos os preconceitos que se possa ter.

– O mundo não se resume ao jardim do rei, seu busca-pé tolo – retrucou uma grande Vela Romana. – O mundo é um lugar imenso, e você levaria três dias para vê-lo por inteiro.

– Qualquer lugar que você ame é o mundo para você – ponderou uma reflexiva Roda de Catarina, que fora apaixonada por um velho caixote de pinho quando era jovem e se orgulhava de seu coração partido –, mas o amor não está mais em voga, os poetas o assassinaram. Escreveram tanto sobre o amor que ninguém acredita neles, o que não me surpreende. O verdadeiro amor sofre e é silencioso. Lembro-me de mim mesma antigamente... Mas não importa mais, pois o romantismo é algo do passado.

– Besteira! – diferiu a Vela Romana. – O romantismo nunca morre. É como a lua e vive para sempre. Os noivos, por exemplo, se amam muito. Ouvi tudo sobre eles esta manhã de um cartucho de papelão, que por acaso estava na mesma gaveta que eu e sabia de todas as últimas notícias da Corte.

Mas a Roda de Catarina meneou a cabeça.

– O romantismo está morto, o romantismo está morto, o romantismo está morto – murmurou ela. Era uma dessas pessoas que pensam que, se você repetir a mesma coisa muitas vezes, aquilo acaba se tornando real.

Subitamente, ouviu-se uma tosse aguda e seca, e todos se viraram. Tinha vindo de um Rojão alto, de aparência presunçosa, que estava amarrado à ponta de uma comprida vara. Ele sempre tossia antes de tecer qualquer comentário, de modo a chamar a atenção.

– Ram! Ram! – pigarreou ele, e todos ouviram, à exceção da pobre Roda de Catarina, que continuava meneando a cabeça e murmurando "o romantismo está morto".

– Ordem! Ordem! – gritou um Petardo, que era uma espécie de político e sempre desempenhava um papel de destaque nas eleições locais, então conhecia as expressões parlamentares adequadas para usar.

– Mortinho – sussurrou a Roda de Catarina, virando-se para dormir.

Assim que o silêncio era absoluto, o Rojão tossiu uma terceira vez e começou seu discurso. Ele falava com uma voz muito lenta e clara, como se estivesse ditando suas memórias, e sempre olhava por cima do ombro da pessoa com quem estava conversando. Realmente, ele tinha modos muito distintos.

– Que privilégio, para o filho do rei – observou ele –, casar-se bem no dia em que serei lançado. Realmente, nem se tivesse sido previamente combinado, teria sido tão bom para ele. Por outro lado, príncipes sempre têm sorte.

– Minha nossa! – exclamou o pequeno Busca-Pé. – Pensei que fosse o contrário, e que você é que seria lançado em homenagem ao príncipe.

– Talvez esse seja o seu caso – respondeu ele. – Para falar a verdade, não tenho dúvidas de que é, mas comigo é diferente. Sou um Rojão extraordinário e tenho uma ascendência extraordinária. Minha mãe foi a Roda de Catarina mais celebrada de sua época, e era reconhecida por dançar com muita graciosidade. Quando fez sua grande aparição pública, ela rodopiou dezenove vezes antes de se apagar, e a cada rodopio, lançou sete estrelas cor-de-rosa no ar. Tinha um diâmetro de um metro e era feita de pólvora da melhor categoria. Meu pai era um Rojão, como eu, e de origem francesa, ele voou tão alto que as pessoas temeram que ele nunca mais fosse retornar, mas ele retornou, contudo, pois era de índole muito boa, e executou a mais reluzente descida, em uma chuva de ouro. Os jornais comentaram sobre sua atuação em termos muito lisonjeiros, em realidade, o Diário da Corte o cunhou como um triunfo da arte *"pilotécnica"*.

– Pirotécnica! Pirotécnica, você quis dizer – corrigiu um Fogo de Bengala. – Sei que é "pirotécnica" porque vi escrito em minha própria embalagem.

– Pois eu disse "pilotécnica" – retrucou o Rojão em um tom de voz severo, e o Fogo de Bengala sentiu-se tão humilhado que começou imediatamente a intimidar os pequenos busca-pés, para mostrar que ainda detinha alguma importância.

– Eu estava dizendo – continuou o Rojão. – Eu estava dizendo... O que eu estava dizendo?

– Estava falando sobre si mesmo – respondeu a Vela Romana.

– É claro, sabia que estava discutindo um assunto interessante quando fui grosseiramente interrompido. Detesto grosseria e maus modos de quaisquer tipos, pois sou extremamente sensível. Ninguém, no mundo inteiro, é tão sensível quanto eu, tenho bastante certeza disso.

– O que é uma pessoa sensível? – perguntou o Petardo à Vela Romana.

– Uma pessoa que, só porque tem calos, vive pisando nos dedos dos outros – respondeu a Vela Romana em um sussurro baixo, e o Petardo quase explodiu de rir.

– Conte-me, do que você está rindo? – quis saber o Rojão. – Eu não estou rindo e quero rir também.

– Estou rindo porque estou feliz – explicou o Petardo.

– Esse é um motivo muito egoísta – ralhou o Rojão. – Que direito você tem de estar feliz? Você deveria estar pensando nos outros. Na verdade, deveria estar pensando em mim. Estou sempre pensando em mim mesmo e espero que todos façam o mesmo, isso se chama empatia. É uma virtude maravilhosa, que eu possuo no mais alto grau. Suponhamos, por exemplo, que algo acontecesse comigo esta noite, que infortúnio seria para todos! O príncipe e a princesa nunca mais seriam felizes, todo o seu casamento seria arruinado, e quanto ao rei, sei que ele jamais se recuperaria. Realmente, quando começo a refletir sobre a importância de minha posição, quase sou levado às lágrimas.

– Se você quer agradar os outros – comentou a Vela Romana –, é melhor permanecer sequinho.

– Certamente – concordou o Fogo de Bengala, que agora estava se sentindo mais alegre. – Isso é meramente senso comum.

– Senso comum, ora essa! – disse o Rojão em um tom indignado. – Vocês se esquecem de que sou muito incomum e muito extraordinário. Ora, todos podem ter senso comum, desde que não tenham imaginação alguma, mas eu tenho imaginação, pois nunca penso nas coisas como elas realmente são, eu sempre penso nelas como sendo bastante diferentes. Quanto a me manter seco, não há, evidentemente, ninguém aqui capaz de apreciar uma natureza emotiva, felizmente, para mim, eu não me importo. A única coisa que sustenta uma pessoa durante a vida é a consciência de inferioridade de todos os demais, e esse é um sentimento que sempre cultivei, mas nenhum de vocês tem coração. Aí estão vocês, rindo e se divertindo como se o príncipe e a princesa não tivessem acabado de se casar.

– Ora, francamente – exclamou um pequeno Balão de Ar Quente –, por que não? É uma ocasião tremendamente festiva e quando eu for solto e subir rugindo pelos ares, contarei tudo às estrelas. Vocês as verão reluzindo quando eu contar a elas sobre a linda noiva.

– Ah! Que noção mais banal da vida! – lamentou o Rojão. – Mas é simplesmente o que eu esperava, pois não há nada em você, é oco e vazio. Ora, talvez o príncipe e a princesa decidam ir morar em um país onde há um rio profundo, e talvez eles tenham um único filho, um garotinho de cabelos claros e olhos violeta, como o próprio príncipe, e talvez um dia ele vá passear com sua babá, e talvez a babá pegue no sono debaixo de um grande sabugueiro, e talvez o garotinho caia no rio e se afogue. Que desgraça terrível! Pobres pessoas, perder o único filho! É, realmente, horrível demais! Jamais me recuperarei.

– Mas eles não perderam o único filho – ponderou a Vela Romana. – Nenhuma desgraça aconteceu a eles.

– Eu nunca disse que tinha acontecido – respondeu o Rojão –, disse que talvez acontecesse. Se eles tivessem perdido o único filho, de nada adiantaria continuar conversando sobre o assunto. Detesto pessoas que choram sobre o leite derramado, mas quando penso que eles poderiam perder o único filho, certamente fico muito afetado.

– Você certamente fica! – afirmou o Fogo de Bengala. – Para falar a verdade, você é a pessoa mais afetada que eu já conheci.

– Você é a pessoa mais rude que eu já conheci – retrucou o Rojão – e não consegue compreender minha amizade com o príncipe.

– Oras, mas você sequer o conhece – grunhiu a Vela Romana.

– Eu nunca disse que o conhecia – retorquiu o Rojão. – Ouso dizer que, se eu o conhecesse, certamente não seria seu amigo. É muito perigosa essa história de conhecer os amigos.

– É realmente melhor você se manter seco – observou o Balão de Ar Quente. – Isso é o que importa.

– Importa para você, não tenho dúvidas – retrucou o Rojão –, mas eu chorarei, se assim quiser.

E explodiu em lágrimas, que escorriam por sua vara como gotas de chuva e quase afogaram dois besourinhos que estavam pensando em morar juntos e procuravam um cantinho seco para se instalar.

– Ele deve ter uma natureza verdadeiramente romântica – comentou a Roda de Catarina –, pois chora quando não há nada pelo que chorar.

E soltou um suspiro profundo, pensando no caixote de pinho.

Mas a Vela Romana e o Fogo de Bengala estavam bastante indignados, e ficavam repetindo: "Vigarice! Vigarice!" a plenos pulmões. Eles eram muito práticos e sempre que se opunham a alguma coisa, chamavam de vigarice.

Então, a Lua emergiu como um maravilhoso escudo prateado, as estrelas começaram a brilhar e o som da música eclodiu do palácio.

O príncipe e a princesa conduziam o baile e dançavam tão lindamente que os altos lírios brancos se debruçaram na janela para observar e as grandes papoulas vermelhas balançavam suas cabeças no ritmo da música.

Então, o relógio marcou dez horas, depois onze horas e à última badalada da meia-noite, todos saíram no terraço e o rei mandou chamar o pirotécnico real.

– Que comecem os fogos – ordenou o rei, e o pirotécnico real fez uma reverência majestosa e marchou até o final do jardim. Ele tinha seis assistentes consigo, cada um com uma tocha acesa na ponta de uma longa vara.

Certamente era uma cena magnífica.

– Ziu! Ziu! – fez a Roda de Catarina enquanto girava e girava.

– Bum! Bum! – bradou a Vela Romana.

Então, os Busca-Pés dançaram por todos os lados e os Fogos de Bengala avermelharam todo o céu.

– Adeus! – gritou o Balão de Ar Quente enquanto voava para longe, soltando pequenas faíscas azuis.

– Bang! Bang! – responderam os Petardos, que estavam se divertindo tremendamente.

Todos foram um grande sucesso, à exceção do Rojão Extraordinário. Ele estava tão encharcado de tanto chorar que simplesmente não pôde ser aceso. A pólvora era o que havia de melhor nele, mas estava tão molhada das lágrimas que não servia de mais nada. Todos os seus parentes pobres, com quem ele nunca conversava, a não ser para desdenhá-los, explodiram no céu como magníficas flores douradas com pétalas de fogo.

– Viva! Viva! – gritava a Corte, e a princesinha ria de contentamento.

– Suponho que eles estejam me preservando para uma grande ocasião – disse o Rojão. – Esse é o motivo, sem dúvidas.

E assumiu uma postura mais arrogante do que nunca.

No dia seguinte, os trabalhadores vieram colocar tudo em ordem.

– Evidentemente, é uma delegação – observou o foguete. – Eu os receberei com a devida dignidade.

Assim, ele empinou o nariz e começou a franzir a testa, como se estivesse refletindo sobre um assunto muito importante, mas eles não repararam nele até a hora de ir embora. Então, um dos homens o notou.

– Opa! – exclamou ele. – Que rojão fajuto!

E o jogou por cima do muro, no fosso.

– Rojão FAJUTO? Rojão FAJUTO? – ralhou ele enquanto girava no ar. – Impossível! Rojão ASTUTO, foi isso que o homem disse. FAJUTO e ASTUTO são palavras muito parecidas. Na verdade, quase sempre significam a mesma coisa.

E caiu em meio à lama.

– Não é nada confortável aqui – observou ele –, mas, sem dúvida, é alguma estação de águas do momento, e eles me mandaram para cá para recuperar minha saúde. Meus nervos certamente estão em frangalhos, e estou precisando de repouso.

Então, um sapinho de olhos brilhantes como gemas e pele verde sarapintada nadou até ele.

– Vejo que temos um novo morador! – exclamou o sapo. – Bem, não há nada como a lama, afinal de contas. Se tiver tempo chuvoso e um fosso, fico bastante contente. Você acha que a tarde será úmida? Eu certamente espero que sim, mas o céu está bastante azul e sem nuvens. Uma pena!

– Ram! Ram! – pigarreou o Rojão, começando a tossir.

– Que voz encantadora você tem! – observou o Sapo. – Parece, realmente, como um coaxo, e coaxar é, naturalmente, o som mais musical do mundo. Você ouvirá nosso coral esta noite, nós nos apresentamos na lagoa dos patos, perto da casa do fazendeiro, e começamos assim que a Lua surge, é tão hipnotizante que todos ficam acordados para nos ouvir. Na verdade, ontem mesmo ouvi a esposa do fazendeiro dizer à mãe que não conseguiu pregar os olhos à noite por nossa causa. É imensamente gratificante descobrir que se é tão popular.

– Ram! Ram! – pigarreou o Rojão raivosamente. Ele ficava muito irritado quando não conseguia se pronunciar.

– Uma voz encantadora, com certeza – reiterou o Sapo. – Espero que você venha à lagoa dos patos, estou indo procurar minhas filhas. Tenho seis lindas meninas e estou com muito medo de que o Lúcio as tenha encontrado, pois ele é um verdadeiro monstro e não hesitaria em devorá-las como café da manhã. Bem, até logo. Garanto que apreciei muito nossa conversa.

– "Conversa", ora essa! – ralhou o Rojão. – Você não parou de falar um segundo. Isso não é uma conversa.

– Alguém precisa escutar – ponderou o Sapo. – E eu gosto de ser o único a falar, pois poupa tempo e previne discussões.

– Mas eu gosto de discussões – disse o Rojão.

– Espero que não – comentou o Sapo de maneira complacente. – Discussões são extremamente vulgares, visto que todos na boa sociedade têm exatamente as mesmas opiniões. Novamente, até logo, estou vendo minhas filhas lá longe.

E o Sapo saiu nadando.

– Você é uma pessoa muito irritante – zangou-se o Rojão – e de péssima família. Odeio pessoas que falam sobre si mesmas, como você, quando se quer falar sobre si mesmo, como eu. É o que chamo de egoísmo, e o egoísmo é uma característica detestável, especialmente para alguém com a minha personalidade, pois sou conhecido por minha natureza empática. Na verdade, você deveria me tomar como exemplo, pois não poderia ter um modelo melhor. Agora que você tem essa oportunidade, é melhor tirar proveito, pois retornarei à Corte muito em breve, eu sou um dos grandes favoritos da Corte. Para falar a verdade, o Príncipe e a Princesa se casaram ontem em minha homenagem. É claro que você não entende nada desses assuntos, pois é um provinciano.

– De nada adianta conversar com ele – ponderou uma Libélula, que estava sentada na ponta de um junco marrom. – De nada adianta mesmo, visto que ele já se foi.

– Bem, a perda é dele, não minha – respondeu o Rojão. – Pararei de conversar com ele simplesmente porque ele não presta atenção. Gosto de me ouvir falar, pois é um de meus maiores prazeres. Frequentemente tenho longas conversas comigo mesmo, e sou tão inteligente que, por vezes, não compreendo uma única palavra do que estou dizendo.

– Então você certamente deveria dar aulas de Filosofia – disse a Libélula, e abriu suas lindas asas esgazeadas e voou para longe.

– Que estupidez a dela, não ficar aqui! – exclamou o Rojão. – Tenho certeza de que não é sempre que ela tem uma chance como essas de enriquecer sua mente. Não me importo, contudo. Gênios como eu com certeza serão apreciados um dia.

E afundou-se ainda mais na lama.

Após um tempo, uma grande Pata branca nadou até ele, ela tinha longas patas amarelas, pés palmípedes e era considerada uma verdadeira beldade por conta de seu andar gingado.

– Quack, quack, quack – disse ela. – Que forma estranha você tem! Posso perguntar se nasceu assim ou se foi o resultado de um acidente?

– É bastante evidente que você sempre viveu no campo – respondeu o Rojão. – Caso contrário, saberia quem sou. Entretanto, eu perdoo a sua ignorância, pois seria injusto esperar que outras pessoas sejam tão extraordinárias quanto eu. Você certamente ficará surpresa ao saber que posso voar aos céus e então retornar à terra em uma chuva dourada.

– Não me impressiona muito – confessou a Pata –, visto que não vejo qual seria a utilidade para quem quer que seja. Agora, se você arasse os campos, como o boi, ou puxasse carroças, como o cavalo, ou cuidasse das ovelhas, como o cão pastor, isso seria notável.

– Minha boa senhora – exclamou o Rojão em um tom muito arrogante –, vejo que pertence às classes mais baixas. Uma pessoa da minha posição nunca é útil. Temos determinados talentos, e isso é mais que suficiente. Não simpatizo com qualquer tipo de ofício, muito menos os ofícios que você parece recomendar. De fato, sempre fui da opinião de que o trabalho duro é simplesmente o refúgio das pessoas que não têm nada para fazer.

– Calma, calma – ponderou a Pata, que tinha um temperamento muito pacífico e nunca brigava com ninguém. – Todos têm gostos diferentes. Espero, de toda forma, que você esteja pensando em se instalar por aqui.

– Oh, céus! De modo algum! – respondeu o Rojão. – Sou apenas um visitante, um visitante ilustre. O fato é que acho este lugar um tanto entediante. Por aqui, não há sociedade, nem solidão. A bem da verdade, é, essencialmente, suburbano. Eu provavelmente deveria voltar para a Corte, pois sei que sou destinado a causar furor no mundo.

– Eu mesma já pensei em entrar para a vida pública – contou a Pata. – Há muitas coisas que precisam ser reformadas. Para falar a verdade, eu participei de uma reunião um tempo atrás, e aprovamos resoluções condenando tudo de que não gostávamos. No entanto, parecem não ter tido muito efeito. Agora, eu me contento com a vida doméstica e cuido de minha família.

– Eu fui feito para a vida pública – disse o Rojão –, bem como todos os meus parentes, até mesmo o mais humilde. Sempre que aparecemos, causamos grande repercussão. Eu mesmo ainda não fiz minha aparição, mas quando fizer, será uma cena magnífica. Quanto à vida doméstica, envelhece as pessoas rapidamente e distrai a mente de coisas mais elevadas.

– Ah! As coisas elevadas da vida! Como são refinadas! – comentou a Pata. – Isso me lembra de como estou com fome. – E foi embora, nadando pelo riacho e cantarolando: – Quack, quack, quack.

– Volte aqui! Volte aqui! – gritou o Rojão. – Tenho muitas coisas a lhe dizer.

Porém a Pata não deu ouvidos a ele.

– Fico feliz que ela tenha ido embora – disse a si mesmo. – Ela decididamente tinha uma mentalidade de classe média.

E afundou ainda mais na lama, enquanto refletia sobre a solidão dos gênios, dois garotinhos de avental branco apareceram correndo na margem, carregando uma chaleira e uns gravetos.

– Essa deve ser a delegação – disse o Rojão, tentando assumir uma postura muito digna.

– Opa! – gritou um dos garotos. – Olhe esse foguete estragado! Como será que veio parar aqui?

E tirou o Rojão do fosso.

– Foguete ESTRAGADO! – ralhou o Rojão. – Impossível! Foguete DOURADO, foi isso que ele disse. "Foguete dourado" é muito lisonjeiro. Na verdade, ele me confundiu com um dos dignitários da Corte!

– Vamos colocar no fogo! – sugeriu o outro garoto. – Vai ajudar a ferver a chaleira.

Então, eles amontoaram os gravetos, colocaram o Rojão no topo e acenderam o fogo.

– Isso é magnífico – comemorou o Rojão. – Eles me soltarão sob a luz do dia, para que todos possam me ver.

– Vamos dormir agora – disseram eles –, e quando acordarmos, a chaleira terá fervido.

E eles se deitaram na grama e fecharam os olhos.

O Rojão estava muito úmido, então levou muito tempo para queimar. Finalmente, contudo, ele pegou fogo.

– Chegou a minha hora! – exclamou ele, endireitando-se e ficando bem ereto. – Sei que subirei muito além das estrelas, muito além da lua, muito além do sol. Na verdade, subirei tanto que...

Fiu! Fiu! Fiu! E ele subiu pelos ares.

– Maravilha! – deleitou-se ele. – Continuarei subindo para sempre. Sou um verdadeiro sucesso!

Mas ninguém o viu.

Então, ele começou a sentir uma sensação estranha de formigamento.

– Agora eu explodirei – bradou ele. – Incendiarei o mundo todo e provocarei tamanho estrondo que não se falará sobre mais nada por um ano inteiro.

E ele, de fato, explodiu. "Bang! Bang! Bang!", fez a pólvora. Não havia dúvidas.

Mas ninguém ouviu, nem mesmo os dois garotinhos, pois estavam dormindo profundamente.

Então, tudo que sobrou dele foi a vara, que caiu nas costas de um Ganso que estava caminhando ao lado do fosso.

– Céus! – assustou-se o Ganso. – Vai chover varetas!

E entrou apressadamente na água.

– Eu sabia que causaria uma grande euforia – arfou o Rojão, e apagou-se.